念想·萧红

王天臣 著

作家出版社

作者1986年在萧红故居留影

作者2015年在萧红故居留影（杨晶东摄）

目录

第一篇　萧红的命——短暂而传奇

第二篇　萧红的文——独立而历久

第三篇 萧红的魂——漂泊而闪烁

附 录

序：今天，我们追随什么

进入21世纪，一个人可以几秒钟创造亿万财富、可以凭网络一炮走红、也可以一夜间从位高权重沦为阶下囚，林林总总，颠覆着我们固有的思维和行为。

作为一名文化工作者，已过知天命的我，常常思考这样一个简单而朴素的问题，今天，我们应该追随什么？

一直以来，关于研究萧红的书籍和文章确实不少。然而，《念想·萧红》这部书稿出自一名业余作者，从非专业作家的视角，去体悟去挖掘，给我们带来了不一样的感受和惊喜。拿在手里，章章节节，在我大脑的屏幕上赫然映出：信念、责任、情怀、精神。合上书稿，有个声音仍在敲打着我们的良知，还是这八个字。

文学的意义不在于文学本身，而在于它的发现、影响和带动，不仅仅让人赏心悦目和共鸣，更让人思考，让人觉悟。《念想·萧红》即是如此，它与萧红作品一样触动了我，影响了我。

一种信念。学术界认为萧红无党无派，其表现出的思想和行为构不成什么信仰。曾经在网上有人说电影《黄金时代》忽略了萧红的信念，而《念想·萧红》却捕捉到了萧红的信念，为我们在争议中研究萧红抛出了新的引题。在本书中我们看到萧红有一种朴素、积极、进步的信念，那就是为人类而写作。如她所说“作家不是属于某个阶级的，作家是属于人类的。现在或是过去，作家们写作的出发点是对着人类的愚昧！”她对文学的追求就像信仰宗教一样虔诚，这正是她颠沛流离，仍坚持为“我只想有个安静的环境写作”而奋不顾身的动力源泉。作者剖析了在萧红作品中其信念具体表现为人道主义、个性自我、自由解放等方面。本书再一次直接与间接地佐证了，萧红如果没有这些信念，就不会有自己的风格和成就。

一种责任。书中所述“萧红有一种强烈的责任意识和忧患意识，她不是为了写作而写作，她把写作作为手段，通过写作去改造国民性，其宗旨是为了中华民族的觉醒和振兴而奋斗”。在国难当头之际，萧红积极参加学生运动，即使逃难中仍把手中的笔当作战斗的枪，就是“刺激家乡人民的觉醒，为摆脱苦难而斗争”。作者通过大量资料，在书中进一步丰满了萧红“一直在为抗战而呐喊”的女作家形象。本书让我们更全面系统认知萧红，既看到萧红的才思，也看到不一样的萧红，那就是有责任有担当的萧红。让我们看到，一个弱女子，一个文学青年，萧红在战火纷飞中，用文学担起大任。

一种情怀。本书通过对萧红作品的赏析，展现了萧红的儿女情怀、乡土情怀、民族情怀。也就是说，萧红把对人物的爱恨、怜悯，都融入到作品之中，倾注了自己的情愫，有血有肉，有灵有气。书中写道：“萧红是一位描写生活底层民众——以农民为代表的乡土作家，同时也是一位抒发自身心灵感受的作家。她致力于挖掘农民的劣根性，撕开伤疤让人看，寻求民族自省的路子。”足以看出，萧红即使亲情缺失、爱情迷茫，依然坚持创作，源于对文学的钟爱，对国家的忧患，这就是一种情怀的力量。有情怀的人有魅力，有征服力，作者追随萧红正是被萧红的情怀所散发出的魅力所打动。

一种精神。对于一个作家而言，一种精神因其名字而诞生，这是最高荣誉。作者从理性与非理性的视角，将萧红反叛精神、执着追求精神、创新精神和民族精神进行了系统梳理。感慨“她短暂生命形成的内在精神磁场是强大的，虽历百年光阴，至今光芒四射”。又挖掘到“在她的身上有着很强的儒家传统思想，那就是担当精神”。本书的可贵之处，在于跳出萧红和作品本身，唤醒我们今天更要有一种精神支撑、文化支撑。作者透过现象，揭示出我们时代所需要的东西，真正将文学的意义进一步升华。如果说萧红作品关注的是旧时代而影响到新时代，那么《念想·萧红》正在启迪我们的心扉，其意义不仅仅是学术价值。本书又一次定格“萧红精神”，当我们缅怀萧红，欣赏萧红作品的同时，更要弘扬萧红精神，只有精神才是长久的。

可以说，以上这些关键词是一个人品质的重要元素。无论是创作，还是境界，萧红都在追随一种品质。年仅三十一岁，就为我们留下了宝贵的文化遗产，这种厚重，正是萧红品质。作者追随萧红，就是在追随一种优秀品质。事实上，一个业余作者对文学的钟爱与执着就是一种信念，想出本书研究和宣传萧红就是一种责任，崇拜和敬仰萧红就是一种情怀，三十年的坚守和刻苦就是一种精神。我曾说过，“人肯定会有与生俱来的苍凉感，那么我们所能做的，就是在这个苍凉的世界上多给自己和他人一点温暖。在离去的时候，心里不至于后悔来到这个苍凉的世上一回。”我觉得，《念想·萧红》让萧红走向大众，让萧红研究走向大众，一定会融入萧红文化中传播下去。这些正如作者前几年出版的《念想》一样，将留下永远的念想！

当下，在新媒体爆炸时代，各种信息以秒的速度扑面而来，各种思潮撞击着人们的价值观，我们每个人该坚守什么，追随什么，确实应该理性思考和面对。特别是我们文化工作者，每本书、每篇文章、每句话，都要做正功课，有正影响，出正能量。就像《念想·萧红》，去除浮华，向上向善！

自序：萧红是我的梦中情人

我和萧红是跨世纪的情人，我们隔着时空对话，我对萧红崇拜、敬意，愿意做她的守护者、保护神；愿意阅读她的文字、宣传她的心意、传承她的精神，去成就我美好的梦想。

一

我们邂逅于文学，文学是媒人、是遇到就解不开的情结。爱文学的人，大多都是与生俱来的。喜好文学的人天真、好奇、善良、多愁善感。文学可以成就梦想，文学可以自由飞翔。但想成为作家也是难于上青天的，需要热情、需要经历和体验，需要走万里路也需要破万卷书，需要专注地冥思苦想，也需要百折不挠的历练。总之，需要为目标而执着地奋斗！我自幼喜欢文学，小学是朦胧的，中学是无意识的，到上技校已转为刻意为之了。我开始写诗歌、散文、小说，我参加《鸭绿江》文学期刊函授创作班学习，我寻求走捷径，谋求尽快发文章，但我失败了。反思，我感觉应该补课，所以上电大、成人自学考试，乃至上研究生，迈出的都是追寻文学的步履。与此同时，我突发奇想，创作功底不够可以先搞研究。于是，经老师指点，内因是自主的，我选择了萧红。因为我喜欢她的文字，一上手就被那充满灵性的文字吸引住了；因为我喜欢她写的内容，那内容是熟悉的，能够唤起往事的回忆；因为我喜欢她描绘的风俗画，那是色彩斑斓的地域情结，越是地域的越是世界的。

二

我们隔空相望，关键在于心灵相通。我们都生长在白山黑水之间，深深地爱着养育我们的土地；我们身上流淌着东北人的血液，豪爽、大气，勇于担当；我们的文字都朴实、率真，并充满感情。萧红对我有期待，我对萧红有责任。我最先想出的书，是关于萧红的书。我上电大专科毕业论文写的是萧红，本科自学考试毕业论文还是写的萧红。后来参加萧红国际研讨会，提交的论文获奖了，更加坚定了我研究萧红的信心。我打算每年写两篇，然后出一本萧红研究论文集，但被俗务耽误搁浅了。我能够重新回归，源于2007年偶然一次出国的机会，旅行见闻让我感受颇深，回国后我写了系列游记。我认识到不能一味沉于俗物，文学才是我自由驰骋的空间，文学才是我生命意义的所在。我又是一个愿意钻研的人，一个立准目标不放弃的人，从1985年开始研究，1988年完成第一篇论文，到1990年第一次获奖，中间写论文虽有间断，但对萧红的热情始终没有减弱。所以，出国的感悟又让我深度燃起了心中的热火，无论工作怎么忙，都挤时间撰写关于萧红的文章，我要兑现我对心上人的承诺，提升自我，实现梦想。

三

我们有说不完的话、言不完的情，因为我们的感情是真挚的。两个真爱的人在一起，说出的话是甜蜜的，表达的意是浪漫的。热恋的人沟通无障碍，即便有一时的烦恼，也能寻找到有效的交流方式，化干戈为玉帛。有人担心我的创作时间跨度太大，写出的文章很难糅合在一起，起初我也头痛，但为心爱的人做事情，总能找到解决问题的方法。我用“萧红的命”“萧红的文”“萧红的魂”三个篇章把时间和散落的碎片串起来。我原本没想猎奇萧红的经历，后来我主动摆正萧红和她所接触过的男人之间的关系；我知道学院式的论文形式已经过时，成为八股文，要应时，必须改进论文写法，与时俱进；我看好萧红精神，每一次触动，每一次感悟，都是萧红精神的牵动。我终于完成了心愿，尽管总感觉自己的才华还不足以堪当重任，但我还是欣慰的，因为这毕竟是我们情感的结晶。

2015年6月10日

第一篇

萧红的命——短暂而传奇

她是一只盘旋在20世纪的荆棘鸟，绕树三匝，无枝可依。烂漫的童年，幸福成为渐远的传说；残缺的亲情，摇落一颗稚嫩孤寂的心；漂泊的爱情，怎能躲过一路凄凉；无私的友情，如同星光点点长夜前行……

作者收藏的萧红传记

萧红速写

萧红1911年6月1日生于黑龙江省呼兰县一个地主家庭，1942年1月22日在香港逝世，享年三十一岁。乳名荣华，学名张秀环，因与二姨姜玉环犯“环”字之忌，由外祖父改名为张迺莹。曾用笔名悄吟、玲玲、田娣等，被誉为“30年代文学洛神”。九岁丧母，从小在男尊女卑的环境下长大。因父母忙顾及不上，夏天和祖父一起在后花园玩耍，冬天躲进阴暗的储藏室寻觅。萧红的童年是自由、幸福的，天性顽皮，在祖父母的溺爱中养成了任性倔强的性格。萧红的启蒙老师就是她的祖父，教她学《千家诗》。1920年秋，在父亲的开明主导下进入龙王庙小学学习，1926年夏毕业，当年十六岁。在学校参加声援“五卅惨案”反帝爱国活动。小学时期，萧红给大家

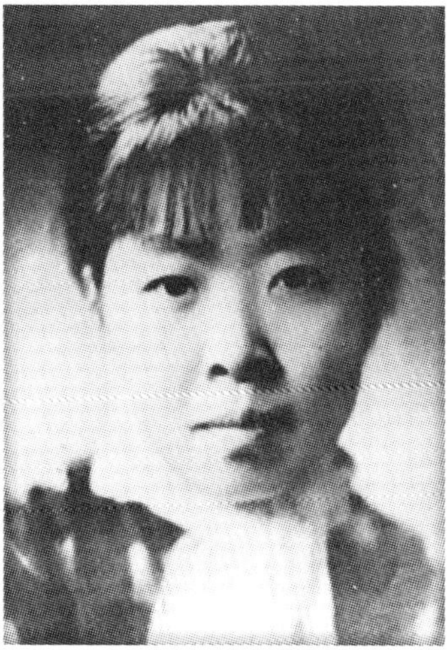

萧红

的印象是沉静而内秀，其实在表面温和、恬静之下，蕴藏着一颗任性而恣肆、倔强而刚强的灵魂。升中学遇到父亲的阻力，演绎成升学风波。萧红的父亲张廷举是一个虽新还旧的人物，他支持萧红上学的目的是要把她培养成一个恬静文雅、知书达理的大家闺秀，而孩子自幼表现出的任性、顽皮和倔强无疑令他不满意，他怕再让她上学会在当时风云变幻环境下走向歧途。最终在萧红的抗争下父亲不得不同意她上学。1927年秋季，萧红考入哈尔滨市东省特别区区立第一女子中学，现为哈尔滨市萧红中学。中学期间，萧红再次参加由学校学生联合会组织的反对日本在东北修筑铁路的游行，表现坚定勇敢，一直走在斗争的最前面。1929年祖父去世，萧红十分悲痛，因为祖父是她最亲的亲人。祖父去世后，她对家庭已没有感情和留恋。1930年秋萧红不顾家庭反对，在表哥陆哲舜的帮助下到北平，进入女子师范附中读书。因为没有家庭支持，不久生活陷入困顿。1931年1月，萧红寒假中离开北平返回呼兰，被软禁在家中。同年2月底，萧红在陆哲舜朋友李洁吾的支持下再次去北平。不久包办婚姻的未婚夫汪恩甲追到北平，3月初，萧红与汪恩甲一起离开北平回哈尔滨。回到呼兰后，被遣送到阿城县福昌号屯软禁，与外界隔

东省特别区区立第一女子中学校

绝。福昌号这段生活，为萧红后来进行文学创作提供了大量素材，萧红的一些小说、散文就是以这里为背景写作而成的。1931年10月再次逃到哈尔滨。一个月后，在走投无路、万般无奈的情况下，与汪恩甲一起在道外十六道街东兴顺旅馆同居。半年后怀孕，后来汪恩甲以回家筹钱为名一去不复返。萧红困居旅馆，处境艰难，只好向哈尔滨《国际协报》副刊编辑裴馨园求助，因此，结识了萧军、舒群、方未艾等人，最终在和萧军接触中碰出火花，相互爱慕。被萧军救出后，同居商市街25号，并在萧军的影响下，开始文学创作。1933年4月，以悄吟为笔名发表第一篇小说《弃儿》，同年10月二人合出小说、散文集《跋涉》。1934年6月取道青岛，南去上海。1934年10月9日收到鲁迅第一封回信，同年11月30日第一次见面，从此得到鲁迅的呵护，喜获找到了祖父的感觉。中篇《生死场》被鲁迅编入“奴隶丛书”，由此奠定了文学成就的基础。这个时期，萧红才若泉涌，又有散文集《商市街》、小说散文集《桥》和小说集《牛车上》陆续出版。因和萧军感情纠葛寓居日本和北平片时之后，1937年8月与萧军同去武汉，加入胡风等创办的《七月》半月刊。1938年2月萧红和萧军在临汾分手之后，萧红在西安情结端木，同年5月在武汉成为端木的幸福新娘。再之后逃难重庆，客逝香港。临终前结识骆宾基，在端木安排和萧红的恳求下，骆宾基伴萧红度过人生最后的四十四天。

萧红是一位“内观和自传体型的作家”，因此，她一生虽然没有专门写过自传，但她每个创作阶段又始终写着她自己感受最深和最熟悉的生活。

《萧红自传》就是由编者肖凤编辑的一本萧红作品集。通过这本自传，我们可以了解萧红的成长历程，体悟她的心灵感受，洞悉她的思想和性格。

萧红自幼天真、活泼，是一位调皮、机灵、聪明好学、“解事颇早”、爱憎分明的孩子。在《蹲在洋车上》这篇散文中，作者写她小时候一个人偷偷溜出家到街里买皮球，因为没有单独出过门，所以还没有到大街上就迷了路。一位好心的洋车夫主动让她上车，送她回家。途中，她忽然想起祖母讲述的“乡巴佬蹲洋驴子”的“笑话”，决定模仿试一试、玩一玩。洋车到家门口，她不下车，为了逗祖父和祖母发笑，她仍然顽皮地蹲在车踏脚板上，“像耍猴人的猴样，一动不动”，并且尖声喊着：“——看我！乡巴佬蹲东洋驴子！乡巴佬蹲东洋驴子呀！”在《家族以外的人》中，她“偷鸡蛋”和小朋友一起烧着吃；为逃避妈妈的打，爬到树上不下来；以及看见有二伯偷东西，敲诈他领着上公园看马戏等细节的描写，把一个天真、活泼、顽皮、可爱的小女孩活灵活现地呈现在读者面前。萧红自幼好学，小的时候和祖父、伯父一起学古诗和古文，长大了她主动要求上学。由于聪明好学，她解事颇早，善于观察大人的一举一动，能够做到察言观色。在散文《镀金的学说》中，她对伯父见了王大姑后的言谈举止观察得细致入微，并且能看透伯父的心理。夜间，全家人都睡了，她与伯父对话后，这样写道：“那夜伯父奇怪地向我笑，微微地笑，把视线斜着看住我。我忽然想起白天所讲的王大姑来了，于是给伯父倒一杯茶，我走出房来，让他伴着茶香来慢慢地回味着记忆中的姑娘吧！”萧红心地善良，爱憎分明，同情劳动人民。她憎恨父亲为了贪婪而失掉了人性，为了房屋租金的事情，把房客的全套马车赶了过来。她喜爱祖父，“从祖父那里，知道了人生除掉了冰冷和憎恶而外，还有温暖和爱”。即使如此，在她学“乡巴佬蹲东洋驴子”后，对祖父打车夫的行为也进行了抨击。

萧红是一位倔强、善于接受新事物，敢于反抗，为女人伸张正义的“女权主义者”和孤独的漂泊者。在《故事》和《漂流》两个章节中，我们可知萧红自幼就养成了倔强的性格，“父亲打了我的时候，我就在祖父的房里，一直面向着窗子，从黄昏到深夜”“父亲骂我，你懒死啦！不要脸的，……我问他，什么叫不要脸呢？谁不要脸！”萧红一直关注女人的命运，一直在为女人打抱不平，“伯父夸我比男孩聪明，男孩不愿意听，扯住我，要打我。母亲怕父亲，邻家的女人也怕男人，舅母也怕舅父，为什么女人都怕男人”。萧红在上中学的时候，就接受了新文化思想的熏陶，并身体力行，参加了反对修筑吉敦铁路的示威行动。在游行中，她“自告奋勇”当宣传员，跟随队伍往前冲。在中学学习时，萧红还和同学们读鲁迅的《伤逝》和易卜生的《娜拉》，她们认为“逃婚”“出走”是唯一的出路。最终，为了反抗包办婚姻，她踏上了出走的路子。在寒风刺骨的哈尔滨冬夜中，弓起背脊，耸高肩头，慌慌张张地走着。老妇人领她回家暂住，她“感到生疏和广大”“就像睡在马路上一样，孤独并且无所依据”。第二天清早，她明知“外面又是‘夜’，但一点也不惧怕”地走了出去，用夏季穿的通孔鞋子去接触雪地”（《过夜》）。当弟弟劝她回家时，“孤独的流荡人”回答得很干脆：“那样的家我是不能回去的，我不愿意受和我站在两极端的父亲的豢养……”（《初冬》）。萧红反对封建家庭的态度极为坚决，她不愿做任人宰割的猪羊，争取做一个独立、自由的人，然而，黑暗的社会几乎吞噬了这位倔强的姑娘。

萧红是一位单纯、顽强、寂寞、苦闷的女性。在萧红短暂的生命中，与萧军相识、结合、生活、分手的六年时间，是她人生的一个重要时期。在《萧红自传》中，第三章《家》、第四章《苦杯》、第五章《两片红叶》，集中描绘了这一时期两个人的生活苦闷和悲欢离合。萧军救出陷于绝境的萧红后，先是寄住在朋友家中，然后搬到“欧罗巴旅馆”，最后落脚“商市街”。在哈尔滨生活期间，两个年轻漂泊者立志做“锄手”，开辟生活的“荒田”，向“人林”迈进（《弃儿》）。面对生活的严峻挑战，饿得三次想偷面包，租不起铺盖只好睡草褥子，她熬过来了。然而，单调穷困的生活也使她感到寂寞：“现在我也并不老，但总觉得青春过去了！过去了！”（《饿》）。于是，小鱼的死，引起她深切的惋惜；小狗的死，使她产生可怕的联想。当《跋涉》出版时，她高兴得“变成小孩子！”（《册子》）。而当被日伪逼迫离别故乡时，她又颇为感伤：“我的脚发抖，心往下坠，忍不住这从来没有落下来的眼泪”（《最后一个星期》）。到上海生活后，两个人的感情出现了裂痕，萧红端起了“苦杯”，“近来时时想要哭了，但没有一个适当的地方：坐在床上哭，怕是他看到；跑到厨房里去哭，怕是邻居看到；在街头哭，那些陌生的人更会哗笑。人间对我都是无情了”。“我的胸中积满了沙石，因此我所想望着的：只是旷野、高天和飞鸟”。为了回避这悲哀，萧红独自一人前往日本，过上了“孤独的生活”。久别胜新婚，距离产生美，分开一段时间后，她又从日本和北京两地寄上了“两片红叶”，互相通信、互相问候、相互关怀。但总有病痛缠身，总有寂寞和忧愁烦心，总感到是“痛苦的人生啊！服毒的人生啊！”。最终还是劳燕分飞。

萧红是一位不忘恩师，为正义而歌唱的作家。她为躲避悲哀，离开上海前往日本，临行前，鲁迅夫妇曾设宴为其饯行，并嘱咐说：“每到码头，就有验病的上来，不要怕，中国人就专会吓唬中国人，茶房就会说：验病的来啦，来啦……”二萧到上海后，鲁迅可谓对他们关怀备至，体贴入微，不仅生活上关心，更为主要的是帮助他们发表作品，鼓励他们创作，使他们在上海站稳了脚，并一举成名。从这一点上说，鲁迅可谓萧红的恩师和“慈父”。因此，萧红在日本得知鲁迅逝世后，就像万箭穿心一样，难以形容的痛苦。萧红没能参加鲁迅先生的葬礼，她只能在24日给萧军写了一封信，恳请萧军替她向鲁迅先生的遗体敬献一个花圈，并且希望萧军能够好好地安慰许广平先生，多多地和她来往，帮助她度过这段最难熬的痛苦岁月。萧红回国后要做的最重要的一件事，就是去祭拜鲁迅先生的坟墓。她流着泪向鲁迅敬献了一束花草，回来后，又为他写了一首《拜墓》诗。在萧红后期的生活中，她始终不忘鲁迅，一到鲁迅的祭日，她就呼吁、牵头或组织纪念活动，发表纪念文章，创办《鲁迅》刊物。在《鲁迅先生记》里，萧红描绘了一次去鲁迅先生家做客的情景，她着意描摹了一棵万年青，坐在旁边吸烟的鲁迅，烟头的红火就像一朵闪烁着光亮的小红花。等到鲁迅先生逝世以后，这棵万年青仍然摆在黑色的长桌上，不过上面多了一幅主人的遗像，萧红寓意深远地用它象征着鲁迅先生不朽的精神。在《回忆鲁迅先生》里，她在字里行间，都流露出了对于鲁迅先生的深深崇敬和感激。她用自己的笔，把读者领进了鲁迅家敞开的大门，让读者看到鲁迅和谐、朴素的生活。她细腻地描绘鲁迅、许广平、海婴一家的生活起居习惯，鲁迅先生饮食的爱好、衣着的怪癖、工作的劳累、临终前的病容。在萧红的笔下，鲁迅不仅是一个伟大的思想家，还是一个和蔼宽厚的老人；他不仅是中国文化界的思想领袖，还是一个美满家庭的家长，一个尊重妻子的好丈夫，一个了解儿子的好父亲，一个辛勤培养晚辈作家、情义深重的宽厚长者。

萧红是一位“少于世故”，有自己主张，“有些稚嫩和软弱”，但又对日本侵略行为愤恨和号召人们奋起反抗的爱国作家。在全民抗战情绪高涨的形势下，被战火炙烤的作家们，在1938年1月由胡风主持的讨论会上，几乎一致地主张作家要到前线去。再留在城市里，就会严重地脱离群众和生活。只有萧红提出了相反的意见，她在《发言一束》中说：“我看，我们并没有和生活隔离。譬如躲警报，这也是战时生活，不过我们抓不到罢了。即使我们上前线去，被日本兵打死了，如果抓不住，也就写不出来。”按照这一主张，她先后写了《天空的点缀》《火线外》《放火者》《长安寺》等切身感受日本暴行的篇章。她不能忘记那一手按着刀柄，一手紧抱孩子的士兵，想象着他们的心跳“彼此能够听到”，她不能忘记侵略者屠杀人民的罪行，记载下公园寺庙被炸的惨状。她对日本侵略者轰炸机场和平民居住区的暴行，产生了难以抑制的愤慨和仇恨。然而，“少于世故”和“稚嫩”，使她在人生道路上举步迟疑。她说：“我要飞，但同时觉得……我会掉下来”“女性的天空是低的，羽翼是稀薄的”。移居香港后，她按照“作家们写作的出发点是对着人类的愚昧！”“一个题材必须要跟作者的情感熟悉起来，或者跟作者起着一种思恋的情绪”的主张，奋力写出了著名的小说《呼兰河传》《马伯乐》，哑剧《民族魂——鲁迅》等。同时，她也不忘东北老家——被日本占领的地方，她写了《九一八致弟弟书》《给流亡异地的东北同胞书》两篇散文。她对弟弟说：“这一群快乐的小战士，胜利一定属于你们的，你们也拿枪，你们也担水，中国有你们，中国是不会亡的。”她鼓励东北同胞沉着奋战：“东北流亡同胞们，我们的地大物博，决定了我们的沉着毅勇，正如敌人的家当使他们急功切进一样。在最后的斗争里，谁打得沉着，谁就会得胜。”

选自《〈萧红自传〉所展现的全景萧红及文本价值——品肖凤所编〈萧红自传〉》中的一部分，写于2001年，系参加萧红学术研讨会作品，原名《无心栽柳柳成荫——读肖凤所编〈萧红自传〉的感悟和遐想》，获新世纪萧红研究优秀成果，修订后发表于2011年7月《大庆师范学报》第4期。

萧红的命

萧红的命，是苦命，是漂泊的命，是抗争的命。萧红不想死，即便死了，也无法瞑目。萧红手术后醒过来在精神好的时候，和身边的端木蕻良、骆宾基两人谈到了即将离去的遗憾，临去世前她已经说不出话来，在纸簿上再次写道："我将与蓝天碧水处，留得半部《红楼》给别人写了。"她紧接着又写道："半生尽遭白眼冷遇，身先死，不甘，不甘……"可见萧红的惆怅至深。她计划很多作品要写，但已无法完成；寻找满意的郎君，但那已经不可能；向往幸福生活，但那已化作了泡影。后人为萧红惋惜，评价是红颜薄命。很多研究萧红的人做过各种假设，如果萧红两次生孩子能够坐好月子，她的身体不会那么坏；如果能够把个人问题处理好，她的心情会更好；如果不是一个劲儿地逃离，如果不是最终落脚香港，她也许不会英年早逝！实际上一个人的命不是早设计好的，而是自己走出来的，仔细揣摩一下，都有自身的轨迹。

为命运而抗争

萧红不认命，萧红出生在东北农村的一个地主家庭，如果认命，按封建传统她听从父母之命、媒妁之言，早早嫁出去，应该是同时代中生活得幸福的人。可萧红对此不满意，她有自己的想法和追求。萧红之所以有自己的主见，与命运抗争，主要源于几个方面的因素：

时代大背景的影响。萧红出生在辛亥革命变革时期，原有的皇朝被推翻了，军阀混战，仁人志士正在谋求建立新社会；之后“五四”新文化给萧红带来了新思想。

家庭环境的影响。萧红的父亲是一位半开明的绅士，起初她主张让萧红上学，显示开明的一面，后来又阻止萧红上学，除了钱的因素外，更多的是传统思想在作怪。上学给萧红带来了开阔的视野和先进的思想，由此，萧红一心上学深造，在上学和阻止上学之间形成了父女矛盾的导火索。萧红自小缺少母爱，尤其是缺少父爱，只是在祖父那里得到了一些温暖和爱，所以她始终在追求温暖和爱。萧红的家里存在阶级和剥削，这也是萧红看不惯的。

上学时期身边人的影响。到哈尔滨上学后，美术老师高仰山等对其影响颇深。再就是表哥陆哲舜、表哥的同学李洁吾都对萧红出走北平求学起到了推波助澜的作用。

自身性格的影响。萧红继承了父亲倔强的性格，同时，生性善良、富有幻想，好动、淘气，甚至比男孩还淘，外在表现是不安分，这些都是她形成反叛性格的根基。萧红为改变命运而抗争，表面看是逃避传统婚姻，追求学业，实际上是与封建势力、传统思想的决裂，最终形成了富有自身特点的女权思想。这些成了她文学作品思想内涵的主基调。以一个人的力量与传统势力做斗争，显然不对等，这之间的难度可想而知，因此，遭受冷遇和白眼是自然的。

为生存而奋斗

萧红离开家庭，断绝了家庭经济供给，生存成了必须面对和解决的问题。萧红一生都在为生存而奋斗。一开始借宿同学家，后来流浪街头和乞丐一起吃睡，再后来被逼无奈，投向包办婚姻未婚夫汪恩甲怀抱。两人住在东兴顺旅馆，汪恩甲回家取钱一去不返，萧红怀孕被扣为人质。是萧军把萧红救出了苦海，但二人结合后依旧是穷困潦倒。向朋友借钱，关键时萧军用拳头解决问题，后来萧军以当家庭教师养家糊口，仍然是吃了上顿没下顿。那种饿的感觉、没钱的滋味、期盼萧军回家的心理，以及二萧在穷困中相濡以沫的情谊、乐趣，萧红在散文集《商市街》中都通过艺术手法给予了形象再现。在生存上萧红是想独立的，和萧军在一起后，她始终想自食其力，找一份力所能及的工作，对此，萧军是反对的。萧红一开始要去做广告副手，后来在萧军的鼓励下开始试着写作，二萧的小说集

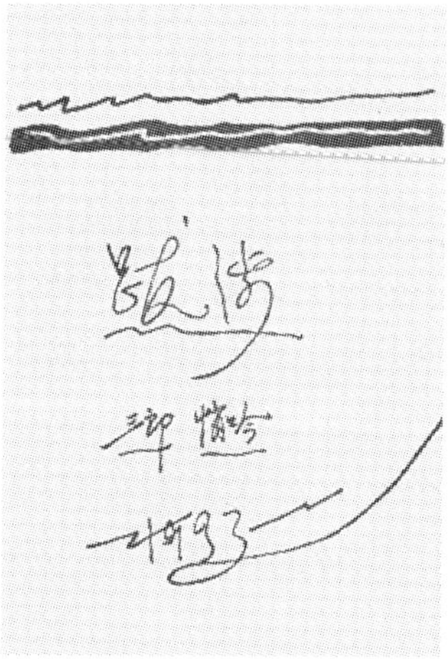

《跋涉》激发了萧红文学创作的信心。写作真正地成了职业，成为谋生的手段，是见到鲁迅之后，在鲁迅帮助下出版《生死场》之后的时期。那时候萧红真正地成为了作家，不再愁作品无法发表了！但依然是很难，因为萧红不愿意走向政治，也不想投入哪个政党，只是虔诚写作，她想找个安静的地方，因此，漂泊就成了她生活的特点。表面看是环境所迫，躲避战争，越走越远，实质是生存问题，为了生存必须写作，为了写作必须漂泊，直到客死他乡。

为情感而挣扎

为了生存，萧红不得不献身，为了生存，萧红关键时候有自己的杀手锏，能够抓住救命草，由此产生的情感注定是畸形的。萧红和端木蕻良结合，算是有一次机会可以自主选择，但她选择的仓促、草率，结束了一个问题又开始另一个问题。萧红在情感上是不彻底的，是犹豫的。萧红是时代的弄潮儿，她学娜拉、学子君离家出走，她比她们还坚决，没有折戟而返，但还是没有走出时代的阴影。她在追求情感上大胆、泼辣，但却始终没有成熟的想法，也没有真正的主见，往往是感性胜于理智。萧红在两个人的生活上敏感、好胜，眼里揉不了沙子，本来是男权社会，非要提倡女权主义。可一旦出现裂痕，又不能马上抉择，非得跑一段马拉松，又怎能不苦呢！萧红之所以为情感而挣扎，有性格因素，也有环境因素，在那个男权社会，有些事她不能不考虑，离开萧军，她就会被社会所孤立。那是战争时期，动乱的环境，让她没有更多的时间选择。还有身体因素，萧红受伤的身体必须有男人做依靠。

为疾病而痛苦

萧红的疾病是双重的，有心理疾病也有身体疾病。心理病痛主要源于与命运抗争的创伤，与情感挣扎的苦闷。身体病痛主要源于后天的营养和补给没有跟上，特别是两次生孩子没有得到很好的恢复，对其是致命的伤害。萧红外在疾病的主要表现为妇科痛经、神经科失眠、内科肺病。萧红的病是从她和家里决裂、流浪街头开始的，真正有反应是和萧军结合后的时期。萧红拖着病痛的身体还要坚持写作，因为那是她的钟爱，也是她独立、生存的支撑；萧红即便满身痛苦也得干活，因为她是家庭主妇，因为艰难的环境给予她的是无奈，不想干也不行。如果能静下来，找一个温馨地方好好休养，那该多好哇！那也只能是萧红的一种奢望！在香港，萧红的人生走入了最后一站，朋友的资助足以让她安心治病，可是沦陷的环境又让她无法治病。转型的环境让萧红只能成为先烈，战争的环境让萧红漂泊、流离失所，男权社会的氛围以及自身性格的弱点，让萧红始终处于痛苦之中，身心交瘁加剧身体疾病的发展，最终病入膏肓，客死他乡。

萧红的命是和男人分不开的，萧红的父亲让她走向反叛；未婚夫汪恩甲改变了萧红的人生轨迹；萧军让萧红走出生存困境并引导她走向文学道路；端木蕻良让萧红摆脱暂时的情感困惑并陪伴她最后辉煌的创作；骆宾基关键时候挺身而出并见证萧红最后的时光；祖父和鲁迅让萧红知道人世间除了冰冷之外还有温暖和爱。

2015年2月10日

残缺的亲情

祖父是萧红的温暖和爱

萧红是家庭的反叛，在亲人当中她的最爱是祖父，祖父是她的温暖和爱。在《祖父死了的时候》一文中她写道："我若死掉祖父，就死掉我一生最重要的一个人，好像他死了就把人间一切'爱'和'温暖'带得空空虚虚。我的心被丝线扎住或是被铁丝绞住了。"

祖父何以成为萧红的温暖和爱？因为祖父赋闲在家，有很多时间照顾和陪伴萧红。萧红的家到祖父这一代已经开始衰败，祖父不会理财，也不爱管事，理财的事由萧红的父亲承担，家务都由祖母和母亲管理。用萧红的话说，祖父只是自由自在的一天闲着。因为隔代亲，萧红长到四五岁，祖父就快七十了。七十岁的老爷爷领着一个四五岁的孙女，那亲情是浓浓的，那爱意是无以言表的。两个人在后花园耕种、玩耍的情景构筑了一幅天伦之乐的大美画卷，因为老少两人互相填补了寂寞。萧红的祖父是寂寞

萧红祖父

的，家里人都有事，只有他没事，整天一个人在后花园务农。萧红是寂寞的，因为她是一个女孩，天生不被重视，加之忙，大人也没有时间管她，两个人在一起互相弥补了空白，后花园成为他们快乐的天地。

祖父给萧红哪些温暖和爱？祖父给萧红的温暖和爱，可以用四个词来概括：

第一个词是宽容。尊重孩子的天性，任孩子尽情玩耍。这是萧红最向往的自由，否则，不会有那段“花开了，就像花睡醒了似的……”经典文字，也不会有祖母一骂祖父，“我拉着祖父就到后院里去了，一到了后院里，立刻就另是一个世界了……”的开阔驰骋。更不会有“用摘下的玫瑰花捉弄祖父的帽子，给祖父的草帽插了一圈花，红通通的二三十朵”，谁见谁乐，一提起来就乐，小萧红还要打滚乐的情景。允许孩子犯错误。小萧红跟在祖父的屁股后，把菜籽踢飞，拔掉韭菜把野草留下，用锯条损坏东西，祖父不是不知道，而是视而不见，因为祖父知道孩子还小，不懂事、不明事理。择机纠正孩子的错误。对小萧红玩耍中出现捉弄人、糟蹋东西的行为，祖父也不是一味不管，而是选择时机，耐心教导循循善诱。祖父发现小萧红把狗尾草当谷穗留着，没有生气，而是问萧红这是什么，萧红答是谷子，祖父没说不对而是笑了，并且把草摘下来问，你每天就吃这个吗？萧红见祖父不信就进屋拿了一串谷子，直到这时祖父才告诉她如何分辨谷子和狗尾草。当时萧红说，祖父教我，我也不细看，也不过马马虎虎承认下来就是了。实际上多少年之后，她依旧记得很清楚。

第二个是启蒙。祖父是萧红的第一个启蒙老师，他教萧红学《千家诗》，学习的方法仍然是宽容。任性的学。萧红学诗喜欢喊，祖父就让她喊。只是怕她把喉咙喊坏了，才警告她说："房盖被你抬走了。"好玩的学。小萧红学诗从兴趣出发，要看好不好听，要看喜不喜欢，所以祖父得依萧红的性子换来换去。感怀的学。祖父讲"少小离家老大回，乡音无改鬓毛衰"，萧红就感伤，心里很恐惧。祖父一看萧红不高兴，就改讲其他诗了。

第三个是善良。这里的善良是指同情弱者，同情底层人。这是萧红的思想倾向，是萧红的追求，所以在萧红的心目中非同小可。在《永久的憧憬和追求》一文中有这样一段文字："有一次，为着房屋租金的事情，父亲把房客的全套马车赶了过来。房客的家属们哭着诉说着，向我的祖父跪了下来，于是祖父把两匹棕色的马从车上解下来还了回去。为着这匹马，父亲向祖父起着终夜的争吵。""两匹马，咱们是算不了什么的，穷人，这匹马就是命根。"祖父这样说着，而父亲还是争吵。在对比中我们能够感受到，父亲贪婪而失掉人性，祖父还是心善的，在他的行动和语言中体现的是温暖和爱。

第四个是疼爱。萧红为了上学和父亲僵持，不吃不喝，最后病倒了。祖父看在眼中，疼在心里。已然衰老的祖父拄着拐杖，仰着头，颤动着雪白的胡子不断央求儿子："叫荣华上学去吧！给她拿火车费，叫她收拾收拾起身吧！小心病坏！"尽管父亲已不把祖父放在眼里，但祖父对萧红的爱，对萧红来讲是刻骨铭心的。

萧红对祖父也有不好的印象。那是在《蹲在洋车上》一文中，萧红走丢了，好心的车夫送萧红回家，萧红听祖母说过“乡巴佬蹲东洋驴子”的故事，学乡巴佬蹲在车上，下车时由于车夫没有控制好、急刹车，从车上滚了下来。祖父不明原委，心疼萧红，打了车夫，没给钱，并把车夫撵了出去。萧红知道祖父是疼爱自己，但还是对祖父有想法，心里总是生着隔膜。萧红追求的温暖和爱是大爱是泛爱，是国人的平等和尊严，是民族的觉醒和幸福。因此，在她的心目中不能有瑕疵，虽然祖父是她追求的温暖和爱的象征，但也不能有污点，有了污点，也是要洗掉的。

2015年10月24日

萧红牵挂弟弟

萧红离家出走后，让她牵挂的只有两人，最让她惦念的是祖父，祖父是她的温暖和爱，而这温暖和爱是她永久的憧憬和追求。其次是弟弟张秀珂，他们是一奶同胞，有血脉亲情相连，弟弟仰慕追随萧红，萧红惦念弟弟。

萧红离家的时候，弟弟才十三四岁，还不懂事，只知道贪玩，姐姐走了，连招呼也不打。时隔六七年，弟弟长大了，开始思念姐姐了，有时写信给姐姐。由于漂泊不定，信有的能收到，有的收不到，断断续续。但姐弟间的感情与日俱增，萧红对弟弟小时候的形象记忆深刻，总觉得他是一个顽皮的孩子，对弟弟逐步变得会说话了，说大人话了，感到生疏、新鲜和惊叹，越来越

萧红弟弟张秀珂

喜欢弟弟了。弟弟随着姐姐文学才能的显现、声望的提高，最为主要的是因为经常通信，交流思想，感情越来越深厚了，对姐姐的敬仰和追随更加迫切了。

在上海，弟弟终于追上了姐姐。那时姐姐在日本还没有回来，弟弟先是赢得了姐夫的青睐，并和姐姐通信对姐夫赞赏有加。姐姐回到上海后，张秀珂天天长在姐姐家。姐姐外出，他就等在楼廊里，有时就睡在楼廊的椅子上。一进屋看到吃的就拿起来吃，看到书就拿起来翻，累了就躺在床上休息。萧红看着他傻里傻气的样子，有的时候觉得讨厌，有的时候觉得喜欢。喜欢的时候她会心口不一地说："快起来吧，看这么懒。"她为弟弟的前途担忧，不知他将来要到什么地方去，做什么事情。她的内心深处也有对弟弟的愧疚，因为她觉得是自己在前面引诱了他。萧红和萧军为弟弟的前程没少谋划，"七七事变"发生后，张秀珂很快选择了去西北，做抗日军去。弟弟在上海的时候经常遇到萧红和萧军争吵。弟弟问姐姐争吵的原因，姐姐又不愿意让年轻的弟弟分担自己的隐痛。因为不明白两个人吵架的根由所在，弟弟看表面现象，多数站在萧军一边，认为是姐姐性格问题。此后在很多事情上都不太听萧红的话，让萧红很失望。直到十年以后，张秀珂才意识到她们当年的争吵是不怪萧红的。

姐姐对弟弟就像母亲对孩子一样，无论美丑、懂事与否，都是牵挂在心，不离不弃的。张秀珂来上海前，萧红去日本自然有多种因素，但其中一个因素就是萧红知道弟弟在日本留学，想去看看弟弟。到日本因政治因素没有见成，但那天萧红特意穿了一件红衣裳，早早就去了，久久地等着，没有等到弟弟，可谓望眼欲穿。弟弟到西北后，姐姐又惦记去看望，在山西本来擦肩而过，但却由于联系不上，没有见到。姐姐越走越远，再也见不到弟弟了，思念之情隐藏心底。萧红在香港发表的《九一八致弟弟书》，是姐姐思念弟弟的久思之作，是姐弟过往之事的回忆，也是姐弟情的全面总结。并由此上升为对东北同胞的思念，对抗战战士的思念。并充满信心地预言："这一群快乐的小战士，胜利一定属于你们，你们也拿枪，你们也担水，中国有你们，中国是不会忘的。"

2015年10月27日

萧红仇视父亲

萧红的父亲名叫张廷举，生于光绪十四年（1888年）4月17日，死于1959年。三岁丧母，十二岁过继给四伯父张维祯（也就是萧红敬重的祖父），继父给他改字选三。张廷举愿意学习，并且学业优秀。随继父来呼兰之前，张廷举在阿城县里上小学，到呼兰后继母范氏认为读书无用，枉费钱财，想让他在家里学习务农经商，早点理财管家，但他执意不肯。张维祯不忍违拗其意愿，送至省城卜奎（齐齐哈尔）继续深造。1906年，张廷举毕业于黑龙江省立高等小学堂，因考试成绩优异，奖励廪生，而后进入黑龙江省立优秀师范学堂，毕业时获奖励师范科举人，中书科中书衔，时年二十一岁。张廷举不善理财。到张廷举成年的时

萧红父亲

候，家里的经济情况已呈颓势，家里的土地和房产都承包和出租了出去。张廷举的大哥——福昌号大掌柜张廷蓂曾去呼兰住过，替他管家，并且张廷举家的开销有时也由张廷蓂接济。张廷举在外地工作，家里的内务都由其妻子管理。张廷举是一个在政治上善于变通的人物。学校毕业后曾在汤原、呼兰和巴彦县任过学堂教员、教育局局长、教育督学等职务。“九一八”事变之初，张廷举在齐齐哈尔出任伪黑龙江教育局秘书，后回呼兰任伪呼兰县日满协和会副会长，“九三”抗战后再未工作，日本投降后又充当过呼兰县维持会副会长。“土改”运动中，张廷举因积极拥护人民政府和土改政策，支持儿女参军，被呼兰县人民政府确认为开明绅士，一度被选为松江省参议员，并以开明绅士的身份参加了宾县召开的东北人民代表大会。

张廷举究竟对萧红怎么样？这得从萧红的父亲张廷举生长的环境、接受的教育、当时的处境和性格说起。受当时大环境影响，张廷举从骨子里有男尊女卑的思想，但他的思想又有着明显的两重性。张廷举是封建文化传统培养出来的知识分子，但他也经历了辛亥革命和反封建的“五四”新文化运动的洗礼，一方面，维护封建礼教，家长制的道统思想严重，另一方面，又有民主、平等的维新思想。他对萧红的培养方法是开明和霸道并行。

开明的一面就是让她上学，霸道的一面就是管教她不让她越格，最终的目标是通过严厉的家教将她培养成一个恬静文雅、知书达理的大家闺秀。而萧红自幼任性、倔强、顽皮，长大后接受新文化的洗礼，成为新文化的践行者，不但不服管而且还时常做出一些越格的事，这就形成了父女之间的矛盾。萧红在家的时候，父亲对她是不冷不热，并没有坏到什么程度。至于萧红后来写文章说父亲出手打人，除升学风波外，其他也是有原因的。祖母死的时候，萧红还小，不知道悲伤，变着法儿地在后花园玩，玩没有意思了，她顶着酱缸帽子去找爷爷。由于看不到，就大声喊爷爷，被父亲碰上了，父亲一脚把她踢翻了，差点没把小萧红踢到灶口的火堆上去，酱缸帽子也在地上滚着。这种情况是值得理解，因为父亲正处在悲痛中，见孩子不懂事，就发火了。我也有同样的经历，母亲去世的时候，我见大哥的儿子一个劲儿地淘气，也揍他一顿。后来想是错了，不能以自身的感受强加孩子。还有萧红在《永久的憧憬和追求》一文中说：

> 九岁时，母亲死了。父亲也就更变了样，偶然打碎一只杯子，他就骂到使人发抖的程度。后来就连父亲的眼睛也转了弯，每从他身边经过，我就像自己的身上生了针刺一样；他斜视着你，他那高傲的眼光从鼻梁经过嘴角而后往下流着。

实际上这背后也是有原因的。短短的四年中，张廷举经历了丧子、丧母、丧妻的接连打击，那种沮丧和悲痛是常人没法理解的。他常年在外工作，一个大家庭都是妻子料理的，当女主人撒手西去时，整个家庭都乱了方寸。萧红的母亲去世刚刚百日，父亲就仓促地再次完婚，还忍痛把最小的儿子送到阿城四弟家里。他心力交瘁，苦闷难当，在家里稍不如意，便勃然大怒。这种大人的悲痛和烦乱，小孩是难以理解的。诚然，萧红的父亲也有不足之处，他有轻视女儿之嫌，关心女儿少，缺少沟通交流，更缺少温情。女儿和家庭决裂后，他做的也太过决绝，始终没有伸出温暖之手，以至于后人怀疑他是不是萧红的亲生父亲。这背后的原因是复杂的，有时令人百思不得其解，但仔细分析其动机，似乎又非常简单，那就是传统文化的根深蒂固，那就是看得比什么都重要的家族和个人的面子。

萧红无论怎么说都是张廷举的女儿，她在父亲那儿继承了很多。论长相她是遗传父亲的，父亲给了她美貌，从萧红父亲的照片中，我们仔细端详能够隐隐约约地看到萧红的影子；萧红的性格也像父亲，甚至比父亲还倔强，倔强自然有不足，但倔强也有其气魄、执着和毅力；还有萧红爱学习爱钻研，也是从父亲那儿继承的力量。那么，萧红为什么那么仇视父亲呢？因为萧红对童年的记忆力顽强，容易偏执地看待相关问题，但同时更有对父亲给其光明而又很快泯灭光明的不满。具体说主要源于以下几点：一是父亲限制她的自由。看过《呼兰河传》的人都能体会到萧红对自由的向往和追求，而父亲的一些行为却阻止了她的自由；二是限制她上学。萧红和父亲矛盾的导火索就源于此；三是父亲的种种行为让萧红感受到的是冰冷、粗暴、贪婪和失去人性。所以和祖父对比，她更倾向祖父，她认为祖父是温暖和爱，她追求的也是温暖和爱。由于父亲的负面影响，给萧红的心灵造成了创伤，从小便萌生了女权主义，长大后执着追求，直到形成完整的女权思想。始终为女性打抱不平，为女性伸张正义，有时也不免挖苦和讽刺男人的劣根性。还有就是她在处理个人问题上始终对温暖和爱有着飞蛾扑火般的不惜和投入，以至于她自己每每受到伤害。

2015年10月30日

萧红不喜欢祖母

在《呼兰河传》中萧红写到祖母的时候，说自己淘气，经常捅破窗户纸，并以捅破窗户纸为乐趣。祖母为了让她长记性，用针扎她。从此，萧红未必长记性，反倒记恨祖母。她说："从此，我就记住了，我不喜欢她。"萧红创作最大的特点是能够置身童年之中，看不到一点后来大人的影子（当然，她想出现的时候例外）。因此，你不好说，她后来怎么认识祖母，也许她喜欢祖母，但她没有说过，我们不能妄加评论。据史料掌握，祖母还是喜欢萧红的，并且有些娇惯（当然比祖父的溺爱要差些），但她看不过眼的时候也管萧红，正因为管，所以萧红才不喜欢。

我们通过三件事先看看萧红该不该管。第一件萧红捅破窗纸。萧红祖母裱窗的白纸当时是比较贵重的，涂了油之后既防雨又透亮，说明萧红家属上等人家，一般人家是用不起的。萧红小时候对这窗纸感兴趣。祖母是有洁癖的，数她屋里的窗纸最为白净。别人把萧红一放在祖母的炕边，她就不假思索地往炕里边跑，跑到窗纸那里，伸出手去，把那白白的透着花窗棂的纸窗给捅几个洞。若不加阻止，就必得挨着排地给捅破；若有人招呼，调皮的萧红也得加速地抢着多捅几个才能停止。她的手指一捅到窗上，那纸窗就像小鼓似的，嘭嘭就破了。破得越多，她就越得意。祖母如来追，萧红就更得意了，笑得拍着手、跳着脚。第二件是萧红踩破皮球。祖母要上街了，她知道萧红最爱惜皮球，每次进街的时候，她问："你要些什么呢？""我要皮球。""你要多大呢？""我要这样大的。"她赶快把手臂拱向两面，好像张着鹰的翅膀。大家都乐了！萧红追在后面喊叫："我要皮球。"祖母答应着走了。但祖母却是每每都忘记给她买新皮球。当萧红得知祖母的意思是说旧皮球还没有破不能买新的时，就把皮球踩在脚下用力捣毁它，可任是怎样捣毁，皮球仍是很圆很鼓。于是萧红到祖父面前让他替自己踏破，祖父变了脸色，像是要打萧红，她跑开了。第三件是萧红吓唬祖母。萧红的顽皮是出了名的，她不喜欢祖母，就搞恶作剧来吓唬祖母。有一次祖母一个人在炕上熬药，药壶是坐在炭火盆上的。屋子里特别寂静，听得见那药壶咕嘟咕嘟地响。祖母住的两间房子是里外屋，恰巧外屋也没人，里屋也没人，只有她自己。萧红把门一开，祖母并没有看到这个小人儿，于是萧红就用拳头在隔壁板上，咚咚地打了两拳，萧红听到祖母"哟"的一声，铁火剪子就掉在了地上。上述三件事说明萧红太调皮捣蛋了，淘得没边没沿的，惹得祖父都生气了，所以不管是不行的。

2015年11月3日

萧红对母亲印象也不好

萧红的母亲对萧红怎么样？我看还可以，不能说太好也不太坏。在那个年代，萧红的母亲虽然是女人，同样存在着男尊女卑

萧红和母亲姜玉兰（1915年）

的思想，生了个女孩令全家感到失望，尤其是婆婆不满意，萧红的母亲承受的心理压力是可想而知的，不免有些沮丧，自然对萧红有点冷淡。萧红的父亲常年在外地任职，家务都是萧红母亲的事，同时，萧红的母亲还忙着传宗接代，又给张家生了两个男孩，自然没有时间关照萧红。还有一点，从我的自身经历讲，过去生活困难，孩子多的家庭，父母很少有时间关爱孩子，只是遇到事才管一管，所以孩子总觉着父母只知道管和约束，很少顾及孩子的天性，给予更多的温暖和爱。萧红的母亲寿命也太短了，也许她对女儿还有很多抚慰的想法，没来得及表达便撒手人寰了。

萧红关于父母的童年记忆模糊而抽象，说父亲是“冷淡”的，母亲则是“恶言恶色”。成年后在文章里有写道：“父亲为了贪婪而失人性”“母亲并不十分爱我，但也总算是母亲。”从文字中我们能够感受到，她对母亲的印象是好于父亲的，但她对母亲也并不满意，认为母亲也不爱她。她之所以产生这样的看法，作为一个任性的小女孩，主要源于祖父母对她的溺爱对比而来的。萧红的母亲对萧红在祖父母溺爱下的成长充满隐忧。姜玉凤回忆，萧红的母亲每年都要带她回娘家一两次，萧红稍大一点，母亲便常对娘家人说：“荣华这孩子都让他们（指萧红的祖父、祖母）给惯坏了，说话都学咬舌了，可惯不得了。”可见萧红的母亲还是想管她的，管她相对于祖父的放任和无原则的宠爱，她自然就不高兴了。并且萧红的母亲还针对她的顽皮和不听话打她，这让她就更记仇了。在《家族以外的人》中有两段记述，萧红经常把家里的好吃的偷出去给穷人孩子吃，这让母亲特别恼火。她偷拿了馒头给别人吃，母亲追着打骂，用铁叉叉她的腿，她吓得躲在树上，不敢回家吃饭。天黑后，她从树上溜下来，虽然后门是开着的，但她不敢进去。她要看看母亲是否睡了。还没经过母亲的窗口，她就听到了母亲的声音：“小死鬼……你还敢回来！”萧红吓得折回去，顺着厢房的墙根又溜走了。萧红被打了也不长记性，不久，她把家里的鸡蛋也偷出去，让孩子们烧着吃。小伙伴们兴奋地大叫，有人提醒：“嗳！小点声……花姐她妈剥她的皮呀……”从这些对话里，可以看出母亲对小萧红的顽皮的确是生气的，也的确打过她，小萧红也的确太气人了，但打过她的母亲不一定不爱她。

2015年11月1日

萧红与继母面和心不和

萧红的继母是梁亚兰，原名梁秀兰，因为秀字与张家晚辈的秀字相犯，萧红的父亲张廷举给她改成这个名字。亚兰既有续弦的意思，又包含了对原配亡妻的怀念，还有鼓励效法前妻的意思。这对她来说，是不公平的。据萧红回忆梁亚兰也怕张廷举。

继母的角色是非常不好扮演的。在传统民间文学中一直有关于继母的传说，多数继母是凶恶而歹毒的形象，类似于外国童话中的老巫婆。梁亚兰的形象倒没有那么坏，最次也算得上中等。但她到张家的处境一开始就比较尴尬，加之步入了“有后妈就有后爹”的俗路，本来萧红就仇视父亲，自然对后妈也就没有了好印象。继母梁亚兰一开始尊父意努力维护和萧红及弟弟的良好关系，据梁亚兰的妹妹梁静芝回忆说，她姐姐从结婚到萧红出走，对她没有一次恶言恶色，更不用说打骂了，萧红也从来没有在她面前抱怨过继母。但事实也并非如此，尽管继母对萧红显然是客气的，但萧红对于情感的质量要求很高，自然不满足表面客客气气的关系，两个人的感情还是很淡漠。还有一种说法，萧红起初对继母的印象并不大好，她在《祖父死的时候》一文中是这样说的：

> 这个母亲对我很客气，不打我，就是骂，也是指着桌子椅子来骂我。客气是越客气了，但是冷淡了，疏远了，生人一样。

包括她在《两个朋友》一文中通过“我”和继母帮佣金珠之间类似小孩玩过家家的感情变化，描写了一个挑拨离间、指桑骂槐的继母形象，但后来到哈尔滨读中学以后经过七八年的磨合，两个人逐渐相互适应了。萧红晚期写的《小城三月》具有维新家风的环境，就是以自己家为背景，主人公翠姨原型是继母的异母妹妹开子，其中继母也是开明善良的，应该是以梁亚兰为原型的。

萧红和继母之间基本定位是心存芥蒂、勾心斗角，面和心不和。之所以出现这样的局面，也是有其原因的。家务因素。丈夫常年在外，她得掌管家务。结婚后不久，她前前后后生了三男两女五个孩子，她得照顾孩子。张家的亲属是很多的，七大姑八大姨的，一住就几个月，有时候还住上一年半载的。特别是阿城福昌号丈夫亲叔伯的孩子，加上姑奶奶的孩子好几个，常年住在老张家，在呼兰上小学念书。梁亚兰要给他们洗衣做饭，伺候那么多孩子上学，还要侍奉公公张维祯抽大烟、喝茶水，一天下来是很劳累的。心理因素。梁亚兰有很深的自卑感，从萧红的文章中可以看出这是她心里最大的症结，老是认为萧红看不起她。这在中国旧式妇女中也很自然，当填房本身就是跌了身价，何况有一个富家闺秀的前任妻子比照着，她更是万事不如人。萧红一开始就有抵触心理，并且正处于女孩子的青春反抗期，加之很难不接受外人挑唆的心理暗示，和继母发生冲突是不可避免的。年龄因素。萧红回忆往事，是梁亚兰刚过门的头几年，她只有十二三岁，梁亚兰过门不过三年，且已经生了孩子，两个人有一个性格磨合过程。性格因素。萧红自幼受祖父溺爱顽皮任性，又接受了“五四”个性解放的新思想，有着桀骜不驯的倔强性格。而梁亚兰是满族格格，原本没有汉族女性的妇道修养，加上性格活泼贪玩、好热闹，两个人性格相似的一面，自然容易相斥相克。梁亚兰爱扎堆儿的活泼天性，自然是受不了萧红的不合群，很容易误解为看不起没文化的她，后来到夜校学文化大概也和这样的心理症结有关。

2015年11月5日

弥补亲情的友情和爱情

陆哲舜是萧红生命中抓不住的流星

陆哲舜是萧红第一个接触的男人，他在萧红的人生中就像一颗闪亮的流星，留下了光亮也留下了阴影，形成了萧红生命中抹不掉的创伤。

陆哲舜（《黄金时代》剧照）

陆哲舜应该说是幸运的，没有萧红他是一位无名小辈，有了萧红他就成了和萧红有关系的一位名人。否则，怎么能在百度上搜到他呢！按百度词条上说：陆哲舜，字宗虞，萧红表哥，出生于哈尔滨太平区一个地主家庭，家境优裕。1929年，陆哲舜毕业于哈尔滨道外区三育中学，后进入哈尔滨东省特别区区立法政大学（即原中俄法政大学）就读。

萧红和陆哲舜是怎么认识的？是萧红在上中学时通过同学认识的。萧红上学时经常到好友徐淑娟家，陆哲舜是徐淑娟哥哥的同学。陆哲舜和萧红是出五服的表兄关系，如果萧红不到哈尔滨上学，他们之间也许就不会相识。

人生应该珍惜的是缘分，这缘分有偶然因素，更多是必然因素。萧红和陆哲舜结识是必然的。萧红和陆哲舜都爱学习，并且热衷学生运动，在学生运动中他们同属一个圈子，来往密切，经常在一起交流，是同一个战壕的亲密战友。而且，陆哲舜早有妻室，也是家庭包办的婚姻，容易了解萧红的苦恼，比他人更积极地支持萧红对专制家庭的反抗。共同的思想基础和婚姻不幸，使他们在倾诉中萌发了同病相怜的感情。

萧红离家出走，陆哲舜是幕后推手。萧红由于想进一步深造而萌生了出走的念头，陆哲舜有学识、有头脑、有见解，两人聊得很投机，是萧红心目中的偶像。陆哲舜也很喜欢这个清雅、爽朗、有思想的女孩，并因同病相怜内心泛起了涟漪。陆哲舜为萧红转学到北平，由此促成了萧红离家出走。萧红和陆哲舜不是鲁迅小说《伤逝》的子君和涓生，但类似子君和涓生。陆哲舜接触萧红后想和原配离婚，也曾对萧红无礼，但都未能如愿。萧红到北平主要是想学习，同时，在得知陆哲舜已有家室后也产生了戒备心理。从萧红和陆哲舜的接触中我们可以感到萧红不是一位情感泛滥的女性。萧红和陆哲舜在北平度过一段美好时光，但最终还是由于丧失经济基础折戟而返。陆哲舜决定向家里妥协，在他收拾行装时，萧红斥责他“商人重利轻离别”。但这时萧红对陆哲舜还没有完全丧失信心，直到陷落东兴顺前再次到陆家求助时，才对陆哲舜彻底失望了，是对陆哲舜这样的新派青年深刻的幻灭，甚至是蔑视。

陆哲舜对萧红的影响是矛盾的，一方面萧红应该感激他，是陆哲舜让萧红开阔了视野，坚定了追求进步的信心，另一方面萧红又应该憎恨他，因为是和陆哲舜的接触让萧红渐渐萌生了与汪恩甲解除旧有婚姻的念头，最后在无家可归、流浪街头的情况下又不得不投向汪恩甲的怀抱，走向深渊。

2014年11月16日

汪恩甲是萧红生命中柔弱的救命草

萧红和汪恩甲的结合像一出戏，有矛盾、有冲突，吸引人而又充满悬念。萧红和汪恩甲是媒妁之言、父母之命订的婚，两家可谓门当户对，两人起初也互相认可、喜欢。据说汪恩甲长得仪表堂堂，而且风流倜傥，在萧红的心目中有一定的地位。汪恩甲也以未婚夫的身份时常来学校，出现在萧红同学中间，还主动转学到法政大学上学，提高自身的地位，满足萧红的意愿。萧红经常给汪恩甲写信，写过情诗，还为汪恩甲织毛衣。汪恩甲父亲去世

汪恩甲（《黄金时代》剧照）

后，萧红还随继母梁亚兰到汪家奔丧，以未过门的儿媳妇身份，为汪父戴“重孝”，受到汪家和乡人的好评。他们度过了一段相处和谐的时光。随着接触的加深，萧红对汪恩甲开始不满。萧红发现汪恩甲吸鸦片，这样的恶习，她是不能容忍的。此外，汪恩甲大概有些腐朽的纨绔习气，在外界的口碑不大好，这也让萧红受不了。再就是这时萧红已和表哥陆哲舜接触，在倾诉中萌发了同病相怜的感情，摆脱这桩不如意的婚姻，到北平去深造，争取更广阔的天地，成了萧红的心愿。汪恩甲是深爱萧红的，尽管萧红要解除婚约，但他死缠着不放，在萧红第二次到北平读书时他背着家里追到北平，给萧红花钱，陪萧红一起读书，并软硬兼施，劝诱萧红回哈尔滨，萧红被逼无奈和汪恩甲一起回到哈尔滨，从哈尔滨回到家里后被软禁了起来。命运是捉弄人的，再次逃脱后，萧红彻底和家庭决裂了，流浪街头，无处可去，但这个时候她想起来唯一能接纳她的人，在万般无奈的情况下投奔汪恩甲。汪恩甲也算讲究，在不能带萧红回家的情况下，在东兴顺旅馆开房间二人同居，直到萧红怀孕，欠旅馆四百多元，汪恩甲对萧红说，回家取些钱来还账，从此下落不明。这之中还发生一出戏，汪恩甲之前曾回家要钱，由于哥哥汪大澄反对汪恩甲和萧红的再度结合，汪大澄和母亲、妹妹把汪恩甲扣在家里，不让回旅馆。萧红左等右等，不见汪恩甲的踪影，担心他的安危就到家里去找，被汪家骂了出来，汪大澄严厉告诉她必须与弟弟解除婚约。萧红一气之下把汪大澄告上法庭，告汪大澄代弟休妻。事情到了这一步，就演变成了两个家族的斗争。本来是可以打胜的，两个家庭的主要人物都出庭作证，谁知汪恩甲当庭临时变卦，为了维护哥哥和家庭的声誉，不得不承认是自己要离婚，法院当场判了离婚。

萧红和汪恩甲的关系是个谜，是萧红身世几个谜团之一。汪恩甲的父亲到底是谁，汪恩甲和抗战名将王廷兰的关系，汪恩甲是怎样人间蒸发、怎样死的？萧红为什么对汪恩甲一句不提、半字不留？至今仍是尚未解开的谜。在这个过程中，汪恩甲蒙受了不少冤屈。在萧红较早传记中他是一个始乱终弃的人，背负着“无耻”和“负心”的罪名，近些年，汪恩甲在众多研究者的心目中改变了形象，变得越来越让人接受了。据说哈尔滨那场洪水过后，汪恩甲还去旅馆找过萧红，说明他仍然没忘旧情，也算是个好人。汪恩甲还给堂侄女起名叫“迺琴”，说明他想着萧红。按现在说法，汪恩甲和萧红算初恋，与别人的初恋不同的是，萧红的初恋是完整的，他们相知、相爱，最后同居，甚至怀上了汪恩甲的孩子。但最令人不解的是，汪恩甲在萧红怀上自己的孩子，欠东兴顺旅馆四百多元债时，突然消失了。

萧红和汪恩甲的关系，和与陆哲舜的关系一样，依旧是萧红和封建传统、封建势力的关系。汪恩甲和陆哲舜属于同类货色，甚至某种程度汪恩甲还不如陆哲舜，虽都是封建家庭的妥协者，陆哲舜是不得不向家庭低头，而汪恩甲最终却成为了封建家庭名誉的维护者，这样就酿成悲剧，改变了萧红的人生轨迹。汪恩甲是萧红生命中的救命草，但是柔弱的救命草，拽不住，一拽就倒下了。萧红自然也就掉入了水里，走入了困境，等待贵人相助。

2014年11月22日

萧军是萧红的贵人

萧红生活在民国时期，那时已经提出妇女解放的命题，但还是处于男权社会，萧红不可能不和男人接触。在她接触的男人中，很多人喜欢她的性格，欣赏她的才华，并给予她热心帮助，个别人还产生了情愫，但真正在一起同居生活的只有三位男性，依次是汪恩甲、萧军、端木蕻良，其中萧红和萧军在一起生活六年时光，占去了萧红逃离家庭到去世十一年的二分之一还要多。从结合到分手，二萧一直处于漂泊之中，从哈尔滨起步、驻足青岛、进入上海、暂居武汉、临汾分手，到西安重逢，他们一起走过六个城市。这六年是两人走出困境，从成长、成名到成熟的阶段，是两人的黄金时期，也是萧红生命中的黄金时期。萧红非常珍惜这段生活经历，在心目中始终把萧军当成自己生命中的贵人，对二人的情感刻骨铭心，甚至临死还想着萧军。

1938年萧红与萧军在上海

萧红和萧军结合是偶然的，是缘分、是命中注定。萧红被困东兴顺旅馆，萧军代《国际协报》副刊主编裴馨园，也是代编辑部送书，能够驻足，碍于萧红的恳请。能够触动芳心、一见钟情，并下决心营救萧红，源于两人的文学情结，源于萧军对萧红才华的欣赏。这之后萧军给予萧红的很多，也使得二萧分手后，萧红始终念念不忘。

萧军使萧红逃离了苦海，获得新生。萧军是侠肝义胆的人。起初以《国际协报》老裴为代表的多数人主张营救萧红，萧军首先是不积极，老裴约他一起去旅馆看望萧红，他不假思索地拒绝了。回来，老裴请大家吃饭商议对策，萧军抱着不屑一顾的态度，认为自己没有钱，爱莫能助。并且开玩笑说，自己只有头发是富裕的，如果能卖钱，可以连根拔下来。老裴说，你可以写文章。萧军说，写文章在哈尔滨卖给鬼去，况且我也不会写文章。真的一旦去了，触动真情，感觉一切都变了，便马上暗暗向自己宣誓："我必须不惜一切牺牲和代价——拯救她！拯救这美丽的灵魂！这是我的义务……"随之而来的行为的确如此，为了解救心爱的人，自己勒紧腰带，能省则省，能借则借，实在不行用拳头解决问题，最终使萧红逃离被困的东兴顺旅馆，顺利生产，走向新生。

萧军为萧红筑起爱巢。萧红逃离家庭，一直追寻家的温暖，筑起爱巢，确保生活安稳，是她的最大期盼。而萧军是主动担当的人，主动承担起建设家庭、保护萧红的责任。萧红和萧军起初借住在老裴家，生完孩子后实在住不下去了，只能另起炉灶。没有钱，一切白手起家，在那个时代是相当难的。萧军身上还有挥之不去的传统思想，他主张男主外，女主内，一次次外出去找工作，无论是碰壁、挨冻、受累，都无怨无悔，最终靠双手靠自身特有的技艺，在商市街筑起爱巢。两个人尽管穷困，吃了上顿没下顿，但从不悲观、不愁苦、不唉声叹气、不怨天尤人、不垂头丧气，常常用开玩笑、蔑视的、嘲讽的态度对待所有的困苦和艰难，和可能发生或已经发生的危害。因此，他们过得很快活，很有“诗意”，很潇洒，很自然。

萧军引领萧红的成长。萧红开始文学创作，走上文坛，直到成为知名作家，是和萧军的支持分不开的。萧军首先敦促萧红创作。其次经常给萧红文章提建议，二人还相濡以沫，互相感染、互相影响，合出集子。第三是寻求名师指点。在恩师鲁迅的厚爱下，崛起上海文坛，蜚声国内外，在中国现代文学史上留下了深深的足迹。

萧红和萧军分开是必然的。二人是仓促结合，感性大于理性，没有经过恋爱的过程，没有互相的选择、磨合、培育和认同。随着生活的长久和生活条件的好转，情感的不和谐不再像困难时期被寒冷和困苦严酷挤压，而是逐步暴露出来，并成为难以调和的矛盾。表面看主要是萧军感情泛滥，实则背后隐藏了很多复杂的因素。二人的价值追求不一样。萧军的爱情哲学是：爱便爱，不爱便丢开。萧红追求的是从一而终，萧红从骨子里有一种对安稳、温暖的追求，在二萧的后期她感觉这些都将失去，因此，她非常痛苦。文人最大的忌讳是色，而萧军恰恰泛情，这是萧红最接受不了的。萧军是大男子主义，始终把萧红当作小鸟一样管着、护着，直到不以为然，自以为是。萧红是女权主义者，从小在家庭就滋生为女性伸张正义的朦胧念头，随着时间的推移、视野的开拓，尤其到上海后，她的女权思想基本成熟，她开始追求自我、追求自由，不愿意再做萧军的附庸；二人的性格不一样。萧军英武、豪迈、粗犷、骄傲、自负，甚至到骄横。萧红敏感、自尊、倔强、纤细，有时也从一个可爱的孩子变成一个烦絮的母亲，婆婆妈妈，让萧军接受不了。在萧军心目中萧红应该顺从、听话，一切以男人为中心，即便骂两下打两拳也是应该的，而萧红恰恰对萧军的粗暴、以拳相加和对其文学才能的贬低最为痛心。萧军前后两次打萧红，三次在朋友面前贬低萧红。而最可怕的是萧军做了很多事，还自以为是、沾沾自喜、满不在乎，这自然而又必然地伤了萧红的自尊心。萧军对萧红的评价是“并不喜欢她那样多愁善感、心高气盛，孤芳自赏，力薄体弱……的人”。二人的身体状况不一样，萧红在日本写信给萧军：“你亦人也，吾亦人也，你则健康，我则多病，常兴犍牛和病驴之感故，每暗中惭愧。”萧军和萧红身体状况相差很远，萧军健壮、孔武有力，萧红则病弱，这也是两个人不和谐的地方。正如萧军所说：“犍牛和病驴，如果共同拉一辆车，在行程中和结果，总要有所牺牲，不是拖垮了病驴，就是要累死犍牛！很难两全的。若不然，牛走牛的路，驴走驴的路……”两人身体的不和谐也应该会引发性生活的不和谐。

萧军把萧红从人生的谷底打捞上来，让萧红获得了重生；萧军还把萧红推向爱情的苦海，让萧红感受“服毒”的人生。困难的时候二人以感情为重，生活好了反倒滋生苦恼。两个人尤其是萧红非常珍惜这份缘分和感情，分开过程经历了漫长的马拉松赛跑。为了挽救爱情，萧红采取了逃跑、小别胜新婚、通过书信进行心灵沟通等方法。她躲到东京，被萧军要结束一段“无果的恋爱”叫了回来。但回来后萧军不认错也不道歉，还继续和那个女人来往。两人发生争吵后萧军打了萧红，并且贬低萧红的散文有什么好呢！萧红赌气出走到萨坡赛路一个私人画院，被萧军和朋友抓了回来。在这种情况下萧红提出重回北平抚慰，萧军答应了，本来萧军说要共同去住一段，但后来临时变卦，又以睡不好觉，恐怕旧病复发为由把萧红骗了回来。萧红为了这段情感可谓煞费苦心，但要珍藏、留住的终究逝去！萧军承诺自己不先提出分手，但他在一步一步地逼迫萧红提出分手。在临汾萧红恳请萧军不要去打游击，她预感自己的生命已经没有多长时间，要求萧军和她生活到死，萧军没有答应，二人走到了最后一站。

萧红和萧军分手后很快与端木蕻良结合，萧红和萧军分开是一个问题的结束，萧红和端木蕻良结合是另一个问题的开始。

2014年12月6日

端木蕻良是萧红漂泊中寻找的伴侣

萧红自己说，和萧军分开是一个问题的结束，和端木蕻良结合是另一个问题的开始。显然，她对自己寻找的伴侣并不满意。如果给萧红更广阔的空间、更充足的时间，如果萧红不是从小缺少爱，需要有男人做依靠，那么她会找一位比端木更加满意的伴侣。

萧红和端木蕻良结合按现在时髦的说法是典型的姐弟恋。端木仰慕萧红，因为端木出道时萧红已成名。萧红主动出击，赢得端木的爱慕。关键是命运让端木和二萧在武汉聚在一起，三人同住一床，可谓同床异梦，最终萧红和萧军分手，与端木结合。萧红和端木认识其实是在上海，那时萧红已经是个有名的作家。据端木自己回忆，他在1936年夏天见过萧红。在一个公园里，萧红和朋友们一起走过，他远远注视，萧红大红衣服，背影修长苗条，虽是一副体弱多病的样子，但在他的心目中却留下深刻印象。真正接触是在一次座谈会上，端木和萧红、萧军由于是东北老乡，和萧军又都是辽宁人，因此，一见如故，很快说到了一

萧红与端木蕻良

起。萧红对端木的第一印象是好的，相对于萧军的鲁直和粗糙她更喜欢他文雅、腼腆的个性。三个人在一起生活是在武汉的小金龙，端木在二萧离意已决、正在闹矛盾的时候出现了，由于端木对萧红的赞美，萧红找到了支持者。由于萧红欣赏端木的才华，萧红主动以诗示爱，并把定情物小竹棒交给了端木。最终还是萧军起了推波助澜的作用，使端木在道义上不得不接受萧红的爱。

萧红和端木之所以能走到一起，还是因为两人有很多的共同性。萧红和端木相互欣赏。端木仰慕萧红的文字，喜爱她的文字中透出的信息，而且大胆地赞美她的作品超过了萧军。这使萧红有了和萧军抗衡的精神凭借。从文化修养的角度，萧红显然更倾向端木，特别是在艺术鉴赏和文艺观点方面，他们都更接近，他们的追求和主张基本一致。他们都远离政治，虔诚创作，愿意当一名专职作家。他们认为，作家是一个神圣的职业，不上前线，一样能写出抗战作品，如果放弃写作，去打游击是得不偿失的。他们的家世也比较相似，都出身地主家庭，只不过相比萧红得到的温暖少，端木得到的宠爱多。

萧红和端木结合可谓有得有失。相比端木奉献的多，失去的也多。端木在萧红怀了萧军孩子的前提下给了萧红名正言顺的婚礼，在萧红病重的时候他想尽一切办法为萧红治病，甚至不怕暴露身份。在萧红去世后他克服种种困难，努力满足萧红的遗愿，让萧红在战乱中风光地离去。萧红去世后，为了表达对萧红的忠诚和寄托，十年不娶。但端木的时运是不济的，萧军和萧红结合，借助萧红的声望越来越红，端木和萧红结合后却越来越背。这主要源于三个方面：萧军的影响。由于性格的原因，萧军在左翼文艺圈中人气颇旺。对萧红和萧军的矛盾，大家基本清一色倾向萧军，由此，指责端木。端木性格的因素。端木属于另类人，不合群、不合时令，穿着和大家不一样，喜欢穿奇装异服，主张和大家不一样，大家向左他向右。生活态度和大家不一样，懒惰、懒散，并且外在缺少阳刚气，比较懦弱，由此，大家不喜欢。萧红的牢骚。萧红和端木结合后，人生累了，身体也累了，由此，时不时地发一些牢骚，那些对端木有意见的同时代人和后人抓住话把嚼舌头，端木只能蒙受不白之冤。萧红从武汉去重庆由于不小心绊倒，之后和朋友发牢骚是一例。萧红住院，端木离开一周左右时间，由于后人无法弄清原委，萧红向骆宾基倾诉不满，骆宾基由此写入《萧红小传》，又是一例。对于这些，端木一概选择了沉默不语。萧红和端木结合得到了什么？得到了依靠、支持、赞美和临终时的关照，完成了《呼兰河传》《马伯乐》等名作。但同时也失去很多，失去了朋友和大多数人的支持，失去了萧军硬汉式的坚强后盾，还得帮端木处理纠纷后的和解，像照顾弟弟似的照顾端木，时间长了，萧红感觉累了、烦了！

端木过去一直在背黑锅，这些年基本都卸掉了，得到了正名。但当事人都已逝去，有些谜团并没有完全解开，历史总是任后人评说。萧红和端木结合，总体上说是情投意合、情趣相当、才子佳人，但由于端木小时候是在爱中长大的，养成了“娇”的习性，先天有懦弱的成分。而萧红自幼缺少爱，一直漂泊状态，养成了坚强、倔强的个性，始终在寻求支持和爱。两人凑在一起，都有需求，而彼此又都处于动荡时代，很难给予对方需求的满足。因此，有些矛盾是正常的，正如《落红记》的作者青青说的：“萧红选择端木蕻良其实是选对了，但时间不对。”

2014年12月29日

另篇：端木蕻良怎么就不如萧军

在我的心目中，在多数研究萧红的学者中，初步印象端木蕻良都应该是这样的形象：瘦高个，胆小如鼠，富人家的孩子，文弱书生、弱不禁风，倾向女人化，说话慢声细语，穿着奇装异服，性格内向、孤傲、自私。和萧军高大、魁梧、外向、粗犷、好强、豪放、野气的性格正好形成鲜明对比。

萧军和端木相比是幸运的。萧军比端木出道早，第一部小说就写出时代呼唤的，空前的抗战题材小说，并得到了文化旗手鲁迅的鼎力相助，因此，一开始就把端木罩住了。在萧军、端木和萧红的三者关系中，萧军也占得了主动。端木出现时，萧军已经攒足了名气，在文学界有很大的气场，那时二萧正在闹矛盾，多数人都站在萧军一边。正因为端木赞美萧红、支持萧红，萧红才投向端木。这个时候两人好起来，让人感觉端木不仗义、不道德，加之端木的性格、气质因素，端木不由自主地走向了弱势。

端木内在也是一条硬汉，他有自己的追求，走自己的路。

端木蕻良

实际上端木是一个讲究人。端木和萧红之间不是一个完美的结合，二人的生活追求不一样，性格、气质不同，加之油米酱醋茶，难免磕磕碰碰。萧红在端木心中具有重要位置，作为一个未婚青年顶着家庭和世俗的阻力，把一个怀孕即将分娩的女子领入了婚姻殿堂。端木在萧红身上受了很多委屈，但他沉默寡言、从不争辩，而是让时间检验。端木对萧红是忠诚的，端木在萧红去世十八年后才续娶钟耀群为妻，由此可见他对萧红的感情还是很深的。他不仅一直保存着一缕萧红的遗发，而且经常写诗怀念萧红，这些诗都不是为了发表，只是表示他心底里对萧红的感情。十年浩劫以后，端木几乎年年都要到广州银河公墓，为萧红扫墓，自己不能去时就托朋友去，并写悼诗献于墓前。

端木的文学才能也不逊色于萧军。端木对家乡土地爱得深沉，善于写景、铺陈，以浓郁的风土人情和方言，渲染出强烈的地方色彩；端木细腻，长于心理描写，构思精巧，人物心理剖析和场面描写惟妙惟肖；端木关注女性命运，刻画女性形象，挖掘其人性中的闪光点；端木知识渊博，关注历史，但并非逃避现实，他是在对中国历史文化的深沉思索中，理解当今中国的现实，探索中国的未来；端木充满感情，无论早期作品激情飞扬，还是后期作品厚重、内敛，都赋予了自身的情思；端木天生才气，文思飞扬，很多细节、场面、篇章让人叹为观止。在漫长的岁月中，端木经历了思想、心态、题材、风格等多重转变，最终走向了成熟。从《鴜鹭湖的忧郁》《科尔沁旗草原》，到《初吻》《早春》，再到《曹雪芹》，一部（篇）比一部写得好，一部比一部精彩，尤以《曹雪芹》影响卓著。

2014年8月31日

骆宾基是萧红临终时抓住的救命木板

骆宾基比萧红小六岁，生于吉林省珲春县，1934年到哈尔滨学俄语，在那里结识金剑啸等一批左翼文艺青年，得知萧红的《生死场》、萧军的《八月的乡村》在鲁迅的扶持下出版，他备受鼓舞。追随二萧的足迹，1936年奔赴上海，开始文学创作。当时他没有见到二萧。1941年骆宾基逃亡到香港，终于和萧红相见，但却是萧红的临终时，承担起照顾萧红的任务，这不能不说是一种缘分。

骆宾基留下来照顾萧红，直接原因是端木蕻良的恳请。端木蕻良在骆宾基初到香港，举目无亲、身无分文的困境下，帮助他付了拖欠旅馆的住宿费，重新找到住处，在自己主编的《时代文学》上把连载的自己的《大时代》撤下，发表骆宾基的作品，使他能够在香港立足，并且有了生存保障。对于这一点骆宾基是感激的。答应端木的请求留下来照顾萧红，是出于感恩心理。间接原因是骆宾基和萧红的弟弟张秀珂曾经是同学，在上海时，他们有来往，并亲热叙谈。作为弟弟的朋友，萧红对他怀有亲近的感情，骆宾基也一样念这份情感。但主要原因还是萧红自己的能力。骆宾基答应留下照顾萧红，但他心里放不下的是留在九龙的小说稿《人与大地》，他一心要去抢救书稿，之所以在端木回来前没去成，还是源于萧红的劝说。萧红在外面炮声隆隆，自己沉疴在身、害怕死亡、恐惧被人抛弃的时刻，身边有一个有青春活力的青年人，她必须想尽办法把他留下。这是一个没有安全感的弱女子在临终时抓住的救命草，这正像在哈尔滨被迫无奈的情况下投入汪恩甲的怀抱，落难东兴顺旅馆她又孤注一掷抓住萧军。萧红在关键时刻一直动用的利器，也就是打动人心的家伙是文学和感情。和汪恩甲是以身相许；和萧军是恳请留步，又抛出自己的诗，让萧军顿时感觉一切都变了，随后，依旧是以身相许。即便是怀孕在身，她仍然拥抱了萧军，并与之在见面的第二个晚上发生了性关系。对于骆宾基，文学打动是不用说的，因为他早就仰慕萧红。以身相许只能是语言的承诺，因为那时萧红已是肺病第四期，躺在床上不能动。但我相信萧红还是许下诺言——骆宾基宣称，萧红曾说如果她病情好转，一定嫁给骆宾基。《萧红小

骆宾基

传》里也有这样的话："……我不会忘记，有一天，我还会健健康康地出来……"这是有弦外之音的。我们应该理解一个弱女子的无奈，同时对萧红孤独无助时说下的一些不理智的话，也不能完全当真。

在萧红逝世前的四十四天时间里，骆宾基一直守护在萧红身边，从中表现了一个东北人的侠义和厚道。对此，萧红和端木是满意的，萧红主张把《生死场》的版税赠予骆宾基，端木也赞同她赠版税的意见。考虑《生死场》的版税没有多少，端木建议赠《呼兰河传》，萧红同意了，并当面告诉骆宾基这个决定。萧红对骆宾基是信任的，萧红在见到骆宾基之前从不向外人讲起自身的经历，也从不向外人诉苦。但此刻为了活着、为了写作，也许是萧红感到自己的生命已经没有多久的缘故，她向一个陌生人敞开了心扉，他们相互倾诉了经历，谈到了文学主张，还谈到了将来的创作和生活梦想。正是这些把两个人的心交融在了一起。

萧红去世后，骆宾基凭照顾萧红获取的资源和资本做了三件事：依据萧红口述，骆宾基创作了小说《红玻璃的故事》，像萧红在说自己即将离世的偈语；根据萧红倾诉和萧红好友的回忆文章，创作了第一部萧红传记《萧红小传》（这部小传影响很大，是其他传记的蓝本，很多史实和细节都源于该传记，是萧红生平研究的一本必读书。但也有不足，传记内容主要依据萧红回忆和朋友怀念文章，缺少调查研究和考证，错误比较多。对端木记述带有萧红和作者的主观性，弄得端木几十年来一直遭世人的误解和藐视）；骆宾基和端木逃到桂林后因萧红作品版权归属问题打了一架。"文革"时期，骆宾基和萧军站在一起，关系极铁，两人鄙薄、怨恨端木。特别是骆宾基和端木相互揭发、相互攻讦。直到晚年，才在旅欧的东北籍女作家赵淑侠的牵线下，一坐泯恩仇。

骆宾基照顾萧红事迹令后人感动，骆宾基主观口述和记述萧红也引来了很多口水，让后人吐槽，由此成为萧红经历中一位不可或缺的争议人物，骆宾基借助这一平台社会声望大有提升。

2015年1月3日

另篇：骆宾基因萧红出名

骆宾基是萧红最后一位有染的男人，是萧红感情漂泊的最后一站。骆宾基比萧红小六岁，有传说他们二人是姐弟恋，但就萧红和骆宾基的接触时间及情况看，萧红已处弥留之际，卧病在床，即便有其心也无其力了。如果再有来日，就萧红的性格和感激的角度来讲，只要骆宾基同意，萧红会投入其怀抱的，也会演绎一出热辣、传奇的姐弟恋。宋佳演的萧红，采用了倒叙和讲述的手法，骆宾基守护萧红从开始到结束，其中的渲染和暧昧引发了热议。

骆宾基1917年出生于吉林省珲春市，是萧红的东北老乡。他在文学上走的是二萧路线，在哈尔滨他幸运地结识了二萧的朋友金剑啸等一批左翼文艺青年，得知萧军的《八月的乡村》和萧红的《生死场》在鲁迅扶持下出版，让他备受鼓舞。他追寻二萧的足迹奔赴上海，向以鲁迅为代表的左翼文艺阵营“报到”。长篇小说《边陲线上》刚写完前两章，他就迫不及待地寄给鲁迅。当时鲁迅已重病在身，又是长篇的开端，便回信说一时恐难看稿。1936年10月，《边陲线上》即将收尾，却传来鲁迅逝世噩耗。骆宾基在悲痛、失望中鼓足勇气致信茅盾。经茅盾推荐，巴人任主编的上海天马书店准备出版《边陲线上》。不久，“八一三”淞沪战争爆发，天马书店被炸，幸运的是书稿被巴人保存了下来。直到1939年11月，这部反映东北抗日义勇军斗争的长篇《边陲线上》，才由巴金任主编的文化生活出版社出版。骆宾基是萧红的追随者，有幸陪萧红走过最后时光，亲身经历和感受了萧红寂寞、睿智的哲理思考和未尽的心愿，耳濡目染了萧红的风格。从香港到桂林后，创作转向寂寞，彰显乡邦思念和人生反省，一段时间成为多产作家，并且作品厚度直线上升，在文学史上留下了闪亮足迹。

骆宾基是先接触的萧红，还是先接触的端木蕻良？有两种不同的说法。一种说法是骆宾基经萧红弟弟介绍先接触萧红，由萧红推荐给端木，还有一种说法是骆宾基先接触端木，端木帮他发小说，然后恳请他留下来帮助照顾萧红，尊重端木的恳请，碍于萧红弟弟的面子，骆宾基才留下来照顾萧红。萧红在最后的时刻，僵卧病床，身无长物，能够想象到她多么凄惨无助，求生欲望又有多强。这个时候骆宾基能够留下，就像在滔天大浪里，死命抓紧了救命木板。这正像哈尔滨期间落难在东兴旅馆，她也是这样孤注一掷地抓住萧军。骆宾基和萧军有相同之处，为人仗义、敢担当，品行善良、助人为乐，尽管骆宾基也想早日突围，还想回九龙抢救书稿，但他还是毅然陪伴、照顾萧红四十四天，直到其去世。从这点上说，萧军是硬汉，骆宾基也是一条汉子。基于此，两人走到了一起，他们对端木有共同看法，都认为端木自私、虚伪，萧军和骆宾基谊同战友，关系极铁，两位鄙薄、怨恼端木蕻良！“文革”期间，特别是端木蕻良和骆宾基，互相揭发，互相攻击。

骆宾基一开始是想重走二萧的成长路线，并没有想从二萧那里得到什么。有了和萧红、端木相处的经历后，一方面他得到了萧红的“真传”，另一方面他见证了萧红的最后岁月，按骆宾基的说法，他在战乱中与萧红厮守四十四天，“谱写着纯真深挚、为俗人永远不得理解的文坛佳话”。萧红在炮弹声中的病榻上，曾向他表示过：“我们死在一起好了！”这段感情，虽短暂，却深刻，并促使骆宾基后来写了单行本《萧红小传》。他是第一位写萧红传记的人，其最大贡献是曾巨细无遗地记录了与萧红相处的日子，成为后人研究萧红的重要史料，使人们知道萧红的临终遗言，萧红的爱恨离愁。并由此，挑起了他和端木的分歧、事端，以及之后多少年的恩恩怨怨。出于感激，萧红还把《呼兰河传》的版权赠予骆宾基。萧红去世后，骆宾基还依据萧红口述创作了《红玻璃的故事》，通过红玻璃花筒变换折射人生命运，小说描写带有某种超现实性和神秘性。作品包含骆宾基，同时又不能不说是来自萧红的独自人生体悟，从人的命运中体悟着拂之不去的寂寞感和苍凉感。骆宾基的成名，应该说主要是其个人因素，但与萧红文学传授、感情纠葛影响是密不可分的，从这点上说，萧红助力了骆宾基的闪耀。记得博友青青说过：萧红爱过的三个男人，论外形，萧军英武，端木清俊，而那个骆宾基不论怎样客观，都只能说他外貌欠佳。但这个小萧红六岁的东北人，自有他侠义的一面，也因陪伴重病的萧红而让许多读者记住了他。

2014年9月14日

鲁迅是萧红的恩师

萧红的一生是短暂的、漂泊的、艰辛的，但也是幸运的，关键时期总有贵人相助，即便临死也有朋友守护在身旁。

鲁迅是萧红生命中的第二个贵人，是重量级的贵人，也可以说是父亲、祖父，是萧红一生无法忘怀的恩师。萧军引领萧红在哈尔滨找到了文学创作的方向，驻足青岛时，他们开始写中篇、长篇，谋求奠定文学地位。这个时候他们光靠自己是难以登天的，他们和同时代的其他文学青年一样，想到了文学旗手鲁迅。萧军先和舒群去了一趟上海，但由于没有合适的接洽人，加之经济拮据，无果而归。随后他们选择了写信。如何给鲁迅写信，青岛朋友张梅林和孙乐文，尤其是孙乐文帮助出了很好的主意，达到了鲁迅能够收到而又及时回复的效果。这自然和他们的认真准备有关，但同时也说明他们运气好。给鲁迅写信的文学青年多了，但真正得到青睐的还是少数。从

萧红和萧军在鲁迅先生墓前

此，二萧走上了幸运之路。

自从萧红和鲁迅通过书信方式建立联系后，萧红在鲁迅那儿得到了别人得不到的厚爱，是相契、恩慈、宠爱，是无微不至的关爱。二萧在青岛和鲁迅通信后，没过几天由于地下组织遭破坏不得已很快来到了上海。刚到上海人生地不熟，手头钱吃紧，二萧的精神支柱是等待鲁迅回信，最快乐的事是阅读鲁迅的信件。同时，通过信件的增多，萧红从幕后走向前台，要求正名、要求得到男士的待遇。并时不时地提一些“鲁迅是不是有教授架子”“许广平是不是交际花”“鲁迅是不是喜欢壁虎”等生活中富有情趣的问题。这些问题的交流使鲁迅感受到了萧红身上保持的少女天性，这天真无邪跨越了年龄和身份的界限，给鲁迅孤寂的生活带来了意外的愉快和放松，逐渐地萧红实现了和鲁迅的心灵沟通，相互之间达到了默契。

萧红在鲁迅那儿得到了祖父一样的温暖和宠爱。在见面之后，鲁迅借钱给二萧。鲁迅给他们介绍朋友，茅盾、胡风、黄源、聂绀弩、叶紫等都是通过鲁迅认识的。鲁迅请他们吃饭，每次吃饭都是刻意安排的，目的是不让他们寂寞、烦恼，保持生存和创作的欲望。鲁迅邀请他们到家里做客后，萧红经常来往鲁迅家，就像自己家一样。每次去都要问好，有时鲁迅还和她开好久不见的玩笑。鲁迅喜欢吃萧红做的韭菜盒子，夸她做得好吃。萧红问鲁迅穿的新衣服是否好看，鲁迅像对待学生和孩子一样，告诉她应该怎样搭配衣服。一次外出，许广平帮萧红梳妆，鲁迅怪罪许广平不应该那样打扮萧红。这些，足可看出鲁迅对萧红的喜欢和慈爱。所以萧红见李洁吾谈起鲁迅，李洁吾说：“鲁迅对你太好了，就像慈父一样。”萧红立刻纠正说：“不对，应当说像祖父一样……”

最让萧红感怀的是鲁迅对她作品的举荐。萧红的《麦场》鲁迅推荐后一直未能发表，萧红见萧军已有短篇在鲁迅的推荐下得以发表很是着急，便单独写信给鲁迅要求推荐发表随信寄出的短篇小说《小六》，后经鲁迅推荐在《太白》上发表。萧军的《八月的乡村》和叶紫的《丰收》作为“奴隶丛书”出版后，萧红最终决定把《生死场》（胡风建议把《麦场》更名为《生死场》）作为“奴隶丛书”之三自费发表，并向鲁迅索要了序，胡风给写了后记。《生死场》的发表，在上海引起很大轰动，由此奠定了萧红在现代文学史的地位，一跃成为著名的左翼抗战女作家。鲁迅帮助二萧成名，但更看好萧红，他认为在手法的生动上《生死场》较之《八月的乡村》更成熟些。每逢和朋友谈起，鲁迅总是推荐这两本书，认为在写作前途上萧红更有希望。在接受斯诺采访时，鲁迅推荐萧红是当今最有前途的作家，很可能成为丁玲的后继者，而她接替丁玲的时间，要比丁玲接替冰心的时间早得多。

萧红对鲁迅的感情最深，鲁迅去世后，萧红写怀念鲁迅的文章最多，而且写得最好。她写出了鲁迅平民的一面，写出了鲁迅的音容笑貌，她让鲁迅走出了神坛，让读者了解了一位全面的鲁迅。萧红对鲁迅念念不忘，即便留遗嘱，也没忘了要求端木蕻良在自己死后把骨灰葬在鲁迅墓边，为鲁迅守灵，倾听鲁迅的教诲。

鲁迅是一位圣人，即便如此，他也无法为萧红化解男女感情之间的矛盾。萧红常去鲁迅家，鲁迅应该能够看出萧红的苦闷，但他从不提起，也不过问，而是撇开主旨，谈论其他，尽可能地让萧红开心。

关于萧红和鲁迅，后人根据一些文字和细节，妄加推测，说萧红和鲁迅有一腿。我认为纯属无稽之谈。我承认她们之间有情愫，但绝对没有暧昧的情感。

萧红去日本躲避情感的矛盾，直到鲁迅去世没有给鲁迅写信，按现在可查的说法是萧军和萧红约定好的，不打扰鲁迅。但还有说法，萧军疑惑萧红为什么不给鲁迅写信。这是一个谜。鲁迅临去世时给茅盾写信，谈到萧红，怪罪没有音信，这却成了永久的遗憾！

2014年12月20日

舒群在萧红成长中的作用不容忽视

舒群，本名李书堂，笔名黑人。生于阿城县一个满族贫苦工人家庭。十九岁就加入共产党，担任第三国际情报员。他是东北进步作家中第一个和萧红结识的人，也是第一个向落难萧红提供帮助的人。他和萧红之间保持长达七年之久的纯洁友谊，是萧红研究者必须关注的人物，对萧红乃至二萧成长作用不容忽视。

见义勇为，不惜冒生命危险为落难萧红提供援助。萧红落难情况从《国际协报》副刊传出后，大家在营救萧红上想了很多办法，但由于没有钱，爱莫能助。哈尔滨发大水后，萧军和朋友们非常着急，商量各种办法救助萧红。这时，第一个实施救助的是舒群。他用组织上发给他的出差生活费给萧红买了两个馒头、一包烟，那时大水早已漫过头顶，舒群就把这些东西捆在脑袋上游着泳来到了萧红困居的旅馆里。当时，旅馆黑洞洞的一片，大水

舒群

涌进了一楼，萧红躲在二楼上，又饿又冷。舒群因为在街上游过泳，弄得浑身上下都是泥，这个救助别人的青年，就在这样狼狈的情况下与萧红见了面。那时天色已晚，外面是一片黑洞洞的汪洋，舒群无法再回去，就在这座倒霉的旅馆里蹲了一夜。萧红向他诉说着自己的处境，希望他能够把她领走，但是他的全家也正无处安身，他实在找不着能够妥善安置萧红的地方。

舍己为人，为萧红文学创作提供资助。舒群和二萧一样生活拮据，始终在为生活奔忙，但每到关键时候，他都舍己为人，向二萧伸出援助之手，资助其文学成长。1933年，萧红(当时笔名悄吟)和萧军(当时笔名三郎)准备出版他们的第一部小说、散文合集《跋涉》。这部集子包括了萧红的五个短篇：《王阿嫂的死》《广告副手》《小黑狗》《看风筝》《夜风》；萧军的六个短篇：《桃色的线》《烛心》《孤雏》《这是常有的事》《疯人》《下等人》。但是他们没有用于出版的经费，十分为难和焦急。这时，舒群就从父亲那里索取回来他为老人家积攒的四十块救命钱，雪中送炭，毅然决然地交给萧红和萧军。舒群还为他们联系了哈尔滨五日画报印刷社，使得《跋涉》终于能够在1933年10月得到出版的机会。虽然它仅仅印刷了一千册，但是它毕竟是萧红和萧军的处女作。二萧漂泊第一站是舒群提供的帮助。1934年的端午节，萧红、萧军来到了青岛。舒群夫妇早已等候在码头上，迎接着他们。舒群夫妇还为二萧租好了房子，那就是位于观象山梁上一座背山面海的二层小楼，他们夫妇俩也从倪家搬了出来，在此与二萧为邻。倪家还在经济上向萧红提供了援助，使她能够安下心来写作《生死场》。这四个青年，两对夫妇，在美丽如画的青岛，度着快乐的时光。萧红与舒群夫人成了要好的朋友，她们有时一齐操劳炊事，四个人同桌吃饭。不料，这一年的中秋节晚上，舒群夫妇突然被捕了。舒群被捕后，萧红、萧军失去了后援，也感到了案情的严重，没过多久，就匆匆离开青岛去上海了。

走进内心，为萧红带来心灵慰藉。萧红和舒群是有缘分的，即便很久失去联系，也能偶遇。1937年年初，萧红为了排遣她与萧军之间的苦闷，开始了一次逃避怀旧之旅，向着少年时代的梦想之城北平进发。在一个偶然的场合下萧红和舒群相遇，本是故人，又是在那样突然的情况下分的手，三年没有见过面，遇到了当然是非常快活的。萧红到北平来的目的是消遣，她又没有别的同伴，于是就经常请舒群陪着她玩。他们有时去中山公园散步，在“公理战胜”的白石牌坊下面说古论今；有时去看美国明星嘉宝主演的好莱坞影片；有时去听富连成小班演唱的京戏；有时也去逛逛王府井大街、东安市场，每逢走到儿童服装店的橱窗前，萧红就踌躇不走，望着陈列的童装，思念她那没有下落的孩子；他们还常常坐在环行电车上兜风聊天；有时也去品尝东来顺。最畅快的一次是去攀登八达岭，他们坐在火车上，穿越过西郊风景区，来到了青龙桥。在詹天佑的纪念像下面转来转去，瞻仰这位工程师的英姿，然后走过长长的山路，向着长城的顶峰攀登。他们走走、停停，停停、走走，一直攀登到右手方向最高的那座烽火台。萧红对长城的壮观发出了无限的感慨，她接二连三地向舒群发问：这偌大的长城是怎样修建起来的？内外没有人烟，这一块一块的巨石是怎样搬运上来的？古时可以当做战场，现在没有用了，真是劳民伤财。她想不到长城上面会如此地宽阔，她最感兴趣的，是城墙边上的流水槽，上面雕刻着一个又一个精致的兽头(这些兽头已于“文革”期间被当做四旧破掉了)，兽头的模样十分逼真，从兽头的嘴里往外吐水。萧红因为喜爱美术，她看了又看，不住地称赞。总之，他们在北平度过了短暂的快乐时光，纯洁的友情温暖了萧红的心。5月的中旬，他们就分手了。1937年秋在武汉，舒群再次为萧红人生选择支招。萧红从上海来到武汉，正处在何去何从的十字路口。当时，舒群住在武汉读书出版社的书库，萧红常去那里看他。她的心情十分苦闷，一到舒群的住处，就把鞋子一丢，躺倒在舒群的床上，愣愣地发呆。舒群曾经执意地劝说她到延安去，有一次为了争论这个问题，他们俩整整争吵了一夜。萧红的态度一向是愿意做一名无党无派的民主人士，她对政治斗争十分外行。在党派斗争的问题上，她总是同情失败的弱者，她一生始终不渝崇拜的政治家只有孙中山先生。由于这样的原因以及个人情感上的其他原因，她没有听从舒群的劝告，后来辗转去了重庆，又辗转到了香港。武汉一别，就再没有与舒群见过面。

舒群曾高度称赞萧红，满怀感情地说：“萧红实在是多才多艺，她写文章、做饭、缝衣服，干各种零活，都是巧手。而且无论做什么，都是哼着、唱着，像玩儿似的。手脚麻利又灵巧。她很含蓄，是很有内秀的人，活泼但绝不张狂，只是太单纯了，在那样的时代，是致命伤。应该说她是红颜薄命，她一生不断上当，而且怎么也逃不脱感情上的纠缠。”

2014年10月18日

方未艾是萧红的如果

如果萧红和方未艾结合，而不是和萧军结合，那么萧红也许会生活得更美好。事实上，生活中没有如果，如果是一种假设，如果是后人对逝者的期待。

方未艾，原名方靖远，又名方曦，辽宁省台安人。1928年夏，方未艾和萧军同时考入东北陆军讲武堂，同在第二总队，方未艾在骑兵队，萧军在炮兵队，二人同住一个大院中。后来又共同在《国际协报》副刊任编辑。方未艾比萧军儒雅，看照片，长身玉立，风度翩翩。萧红评价他们俩的性格，和萧红自身的情绪变化有关，有时说：萧军好，直爽坦白，天真英勇；方未艾斯文稳重、老成，但处事不慷慨。有时又说：三郎固执、犟、孤芳自赏、目空一切，没有方未艾温柔、朴实、与人为乐。有时不高兴还说，方未艾真封建。尽管这种评价是萧红的个人看法，又带有情绪色彩，但从中我们还是能够感受到二人的性格区别，和萧红对意中人的标准取向。

方未艾先看到萧红寄给报社的诗歌，并放入待发的稿件中，说明他对萧红的文学才华是欣赏的。萧红写给《国际副刊》的信，几个年轻人都看了，大家皆关心这个女子的命运，第一个去旅馆看望萧红的就有裴馨园和方未艾。其间，方未艾

方未艾

还单独去看过萧红。可见，方未艾对萧红怜悯、同情和喜爱。那么，萧红对方未艾有没有另样一种情愫，应该说有。萧红虽然从安全的角度抓住了萧军，但她对萧军“爱便爱，不爱便丢开”的爱情观还是不托底。萧红在旅馆病了，打电话给方未艾，方未艾碍于萧红和萧军的关系，不好去。萧红让茶坊给方未艾送去一首诗，方未艾念念不忘。诗的内容是：高楼举目望，咫尺天涯隔。百唤无一应，谁知离恨多。通过这首诗，把萧红对爱的渴望和失望的矛盾心理都表达出来了，方未艾应该深解其意。在方未艾写的回忆文章中有一个细节，也表达了双方的爱意。方未艾去旅馆给萧红送吃的东西，赶上大雨，衣服被浇透了，萧红用手使劲拧衣服上的水，眼泪也顺着衣服往地上流。拧完衣服，方未艾刚想穿上，萧红又马上拿起一件旧棉袍披在方未艾的身上，方未艾顿时感觉有暖流通遍全身，他写下了这样的文字：“棉袍不仅暖了身体，也暖了我的心。”那么，两人为什么没有走在一起呢？主要是方未艾的因素。一来因为，萧红已怀孕在身，方未艾自己还是一个小伙子，所以对萧红热切的暗示装着没有感觉。二来方未艾是一个恪守儒家道德规范的人，鉴于和萧军是多年好友，萧红和萧军已经确立了关系，怕在朋友间产生误会，他不想打破这种局面。

世界上的事不可能都是如意、圆满的，否则，人们就没有了美好愿望。正是由于个体、局部的不和谐，才融汇出整体的和谐、美满。婚姻也一样如此，外人看，他们俩怎么都不般配，有的甚至是一朵鲜花插在牛粪上的感觉，可他俩就走在了一起。大家认为般配的反倒分开了。个体的自身感受也是一样，你真正想爱的远在天边无法触及，而那个不是称心如意的人却牢牢和你联系在一起。由此，方未艾只能成为萧红心中的隐痛。这是命中注定。

萧军与方未艾

2015年1月10日

李洁吾是萧红的心仪男性

李洁吾是黑龙江通河县人，萧红表哥陆哲舜的同学，和陆哲舜同属接受新文化的新青年。李洁吾和萧红是在萧红的同学徐淑娟家相识的。当时，萧红已和表哥商量好去北平上学，一心想的是学习，听说李洁吾在北平上学，所以一见面就急于了解北平情况。从吃午饭的时候起，萧红就开始向李洁吾询问北平的情况，特别是学校情况，有哪些较好的学校、学生有哪些类型、社会活动情况等等。去看电影的路上也在问，坐在电影院里还在问，以至于李洁吾忙于回答她的问题，一场电影几乎没有看。萧红给李洁吾的第一印象很不错，她剪着整整齐齐的短发，大大的眼睛特别有神，穿着白褂青裙，白袜青布鞋，行动敏捷，举止大方。性格洒洒脱脱，开朗而爽快。

在北平，李洁吾经常去萧红和陆哲舜的住处，与一些东北老乡、同学聚会，谈思想、谈时事、谈文学，大家有说有笑，非常开心。时间长了，李洁吾成了萧红的知心朋友。有一次，李洁吾去看他们，刚进屋，萧红就递给他一封信，并嘱咐他回到学校再拆开来看。李洁吾当时就拆开了，一看是萧红的告状信，告表哥陆哲舜对她无礼。李洁吾立马就急眼了，把陆哲舜狠狠地骂了一顿，陆哲舜呜呜咽咽地哭了起来。由于家庭一再通牒，萧红和表哥遇到经济困难，萧红买不起棉衣过冬，李洁吾到老乡那里借二十元钱给萧红，她才得以到东安市场买了棉毛衫裤挡挡北平的风寒。

李洁吾

萧红第二次来北平前，应陆哲舜的请求，李洁吾设法兑换了五元“哈尔滨大洋”，夹在戴望舒的诗集里，并给萧红写了一封信，暗示她发现这张钞票。萧红到北平后第二天就因为高烧病倒了。李洁吾每天都去看她，照顾她，和她聊天。大约经过一个星期左右时间，她才好起来，能起床下地了。李洁吾的细心照顾，恰巧让后来赶去寻找萧红的汪恩甲碰到，使其醋意大发。

萧红第三次到北平，是在和萧军闹矛盾之时，她开始一次逃避怀旧之旅，向着少年时代的梦想之城进发。这次又见到了好友李洁吾。这时李洁吾已经有了一个周岁的孩子。萧红进门时李洁吾的妻子正在厨房里做饭，或许是太高兴了，或许这久别重逢太让人忘情，萧红给李洁吾一个大大的拥抱，让李洁吾的妻子暗生嫉妒。当天晚上，萧红搬到李家住，这就更加重了李洁吾妻子的怀疑。第二天，李洁吾妻子丢下孩子，去了娘家。后来萧红搬出又搬回，李洁吾上班，萧红和李洁吾妻子一起忙活家务、照顾孩子，两人关系才逐步缓和。这次，李洁吾发现萧红形象发生了很大变化，“穿了件深天蓝色的毛衣西装套裙，头发用一根丝带束在脑后，看上去很像个日本女人”。他们一起谈了多年不见的各自生活，谈到鲁迅也谈到萧军。两人依旧谈得很投机、很兴奋。分别是萧红让萧军一封信叫了回去。自从1937年5月中旬离开北平以后，萧红再也没有回到北平。她与老友李洁吾，也就此永诀。

2015年1月11日

聂绀弩是萧红能够袒露心扉的朋友

聂绀弩是鲁迅介绍给二萧的朋友，他见证了二萧分手过程，并成为说和人。萧军曾把萧红“托孤”给他，但萧红是否对他有意，文字上却没有记载。萧红信任聂绀弩，能够向他袒露心扉，这倒是确有其事，并成为了精彩的回忆。

在临汾，聂绀弩和萧红有一段经典对话。聂绀弩说萧红是才女，让她学做《镜花缘》中的人，萧红说：“我不是《镜花缘》里的人，我是《红楼梦》中的痴丫头。我像是《红楼梦》里的香菱学诗在梦里也作诗一样，也是在梦里写文章来的，不过没有向人说过人家也不知道罢了。”他们也谈到鲁迅，对于鲁迅，萧红有独到而精辟的看法，出乎聂绀弩意料之外。萧红说：“鲁迅小说的调子是低沉的。那些人物，多是自在性的，甚至可说是动物性的，没有人的自觉，他们不自觉地在那里受罪，而鲁迅却自觉地和他们一起受罪。如果鲁迅有不想写小说的意思，里面恐怕就包括这一点理由。但如果不

聂绀弩

写小说，而是写别的、主要是杂文，他就立刻变了。从最初到最后，他都是战士、勇者……！即便是说中国是人肉的筵席时，调子也不低沉。因为他指出这些，正是为了反对这些，改革这些，和这些东西战斗。”聂绀弩说：“依你看，竟是两个鲁迅。”他们也谈到《生死场》。萧红从《生死场》又谈到鲁迅，认为鲁迅小说中的人物比他低，而自己小说中的人物比她高。聂绀弩说：“你也有比鲁迅高的地方，你写的东西，鲁迅没写过。那就是群众、集体。”聂绀弩进一步说：“你写的人物，当他们都是个体时，都是自然的奴隶，当他们成为一个集体时……便成为一个集体英雄、人民英雄、民族英雄。”聂绀弩还拿《生死场》和《水浒》《三国演义》《毁灭》做对比，说：“萧红的作品有集体英雄，没有个体英雄，有个体到英雄集体的转变。”聂绀弩同时也指出了萧红作品的不足：“不是有人说，你的人物面目不清，个性不明么？我也有同感。”

也是在临汾，后来到西安，聂绀弩承担了见证人和说服人的角色。萧军信任聂绀弩，和他说对萧红的真实看法：“她单纯。淳厚倔强、有才能，我爱她。但她不是妻子，尤其不是我的！”聂绀弩感到吃惊，意识到他们要分开。萧军又补充说：“别大惊小怪！我说过，我爱她！就是说我可以迁就，不过这是痛苦的，她也会痛苦，但是如果她不先说和我分手，我们永远是夫妇，我绝不先抛弃她！”萧军还把萧红托付给聂绀弩：“哦，你和萧红最好，你要照顾她，她在处事方面，简直什么也不懂，很容易吃亏上当的。”萧红也坦率地和聂绀弩讲起了萧军的关系：“我爱萧军，今天还爱，他是个优秀的小说家，在思想上又是同志，又同一在患难中挣扎过来的！可是做他妻子却太痛苦了！我不知道你们男子为什么那么大的脾气，为什么要拿自己的妻子做出气包，为什么要对自己的妻子不忠实！忍受屈辱已经太久了。”萧军想和萧红分手，但他不愿意萧红和端木蕻良结合，他内心想让萧红和聂绀弩结合，但萧红却没有这方面的想法，聂绀弩也没有向萧红表达过爱意。在萧红的重新选择伴侣上，聂绀弩和萧军站在了一起。萧红在那种环境下投向端木蕻良，也是实属无奈。这之中萧红却让聂绀弩当了一把电灯泡。萧红先是表达不喜欢端木蕻良，她说：端木蕻良想管我要手中的小竹棒，我不想给他。如果再问起就说给你了。可到后来萧红改变了主意，她把小竹棒藏起来，让端木和聂绀弩一同找，事先又把藏的位置告诉端木，让聂绀弩找得好苦，端木轻而易举就找到了。聂绀弩只是得到了萧红的事后赔礼。说来也怪，端木蕻良在和萧军由于萧红出现紧张局面时求救的也是聂绀弩。在西安，重遇萧军，端木蕻良非常尴尬也非常胆怯，聂绀弩刚走进自己的房间，端木连忙赶过来，拿起刷子给他刷衣服上的尘土。他低着头说：“辛苦了！”聂绀弩听见的却是：“如果闹什么事，你要帮帮忙！”由此可见，端木也认为聂绀弩是可依靠的人。

2015年1月17日

萧红为什么找不到如意郎君

萧红是“五四”时期新女性的代表，在读新书中她滋生了一种新梦想，在求学时被全新的环境所感染，走在了时代的前列。她的骨子里有一种对新事物的敏感和追求、倔强和执着，也有坚持己见的无奈和悲哀。她渴望幸福但没有得到幸福，她渴望温暖但没有得到温暖。她在文学上造就了辉煌，但在爱情追求上却折戟而归。她不满所处的峥嵘岁月，她抨击男权主义，她感叹生命无常，她说：“一生尽遭白眼冷遇，身先死，留下半部红楼给世人，不甘、不甘。”那么，萧红在爱情追求中为什么找不到如意郎君呢？

生活所迫。新女性（也包括新男性）挣脱家庭后首先会遇到生活来源问题。“五四”时期讨论过娜拉出走问题，鲁迅写了小说《伤逝》，也触及了这一问题。萧红也和其他新女性一样遇到了这一问题。在别无选择的情况下她才和家庭包办的郎君汪恩甲回到哈尔滨同居，由此种下了不祥的基因。到后来她和萧军结合，萧军演绎的是英雄救美，她自己是生活所迫，根本没有谈恋爱的机会，能够逃离苦海，能够找到依靠，是她不二的选择。虽然二萧在哈尔滨时期生活得很艰难，但毕竟心情是愉悦的，有了基本生活保障，向往更加美好的明天！

环境所迫。那个时代尽管追求女性解放，但毕竟还没像毛泽东那样提倡男女平等，创造男女平等的环境。那时候尽管有一些人走出了队列，但传统观念、传统势力还是强大的。萧军也算是新男性，但萧军身上的大男子主义还是很强的。怕萧红的才能超过他，脸面过不去，因而处处贬低萧红。萧军出轨了，外面有了女人，萧红有不满，结果遭到的是萧军的拳打脚踢。更为可怕的是，萧军不但在家里赢得了男权，在外面还赢得了支持。萧红有冤无处伸，有苦无处诉，所以端木蕻良出现后，在得到端木的赞赏、支持的情况下，自然投入了端木的怀抱。

经历所迫。人的一生，小时候的生活经历对其成长烙印是深刻的，影响是深远的。萧红生长在男尊女卑的社会，一出生就被嗤之以鼻。没有母爱，更没有父爱。在祖父那儿得到了温暖，所以她念念不忘，因为这种温暖对于她来说太珍贵了！所以在短暂的生命中，她始终在寻求呵护、寻找温暖，但始终没有得到。正是由于有这种心

理烙印，所以她在生活选择上才缺少了独立，和萧军结合那是无奈的选择，和端木结合时已经具备了独立的基础条件，本可冷静一下，思考一时，但她却仓促上阵，最终又走入苦海，酿造苦果自己咽。

性格所迫。我们不相信迷信，看相的算命的未必都准，也未必一点没有道理。性格决定命运，这句话我还是信的。萧红的性格在男女相处中的不足是敏感，眼里不揉沙子，啥事都看得非常清楚，啥事都要弄清来龙去脉；倔强，有自己的主张，有自己的追求，争强好胜，不服软，不听话；不温柔，萧红骨子中有男人的性格，尽管日常生活能担当，但总体还是源于她缺少爱而缺少对男人的温柔、体贴；爱牢骚，萧红和萧军离开哈尔滨之后，经济生活变好了，爱情生活却始终磕磕绊绊，萧红也始终对一起生活的男人处于埋怨、牢骚之中。缺少爱的人，往往对对方给予的爱敏感，稍有不足就牢骚、埋怨，如果换个角度、换种心态，换种调节的方式，也许就不会有那么多的矛盾，对自己的身心会更好。

老子是智慧的，因为他知道任何事物都是辩证的，任何追求都不是圆满的。我记得我的一位文友说过，任何时候如果她站得更高，得到的就会更少。萧红成就了自己的文学，但却没有找到如意郎君，没有美满的婚姻，由此，有了传奇人生。还是留下半部红楼让别人去写，别人去品吧！

2014年9月8日

第二篇

萧红的文——独特而历久

她从荆棘中杀出了一条血与泪的路，她摒弃个人情感的宣泄，也未囿于女性生活，而是着眼于群体，艺术视野恢宏开阔，写作思想处于理性自觉状态，语言明丽、沉静、流畅，所有感慨和无奈都沉在苍凉的心中，使她迥异于同时代的任何一个作家……

作者收藏的萧红作品

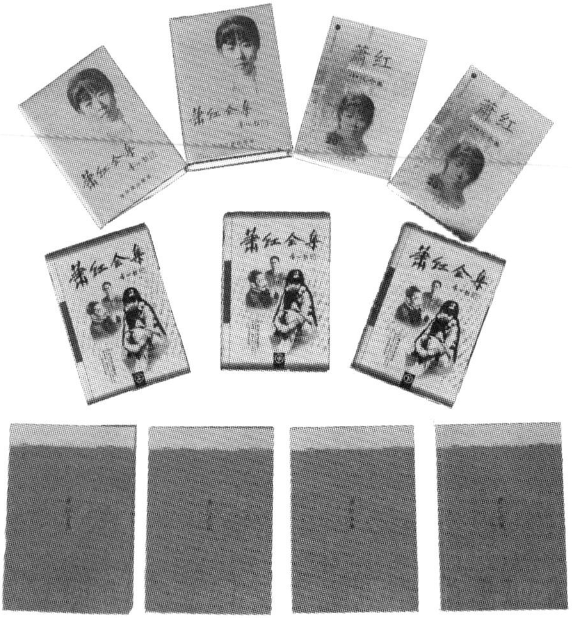

作者收藏的萧红全集

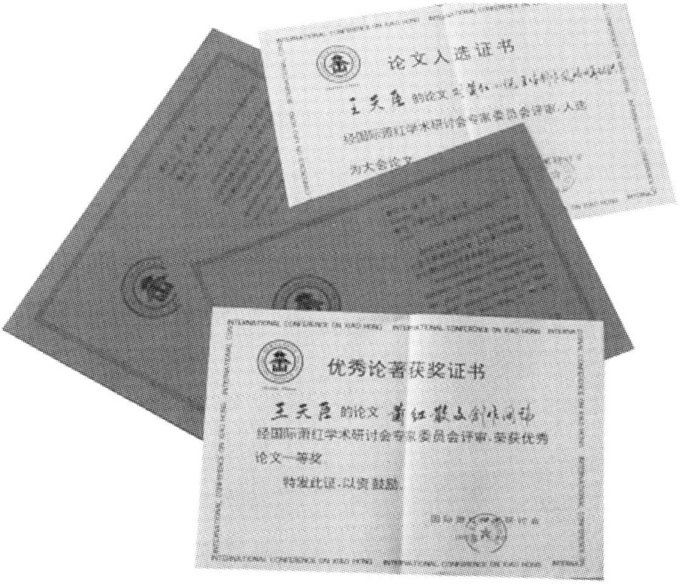

作者获奖证书

萧红创作巡礼

萧红从1932年写第一首诗《春曲》，到1941年11月发表《马伯乐》第二部尾声，满打满算十年时间，共创作了上百万文字。可以说是在艰难中的虔诚，在艰难中的奋进。按创作时间和创作地点划分，可分为五个时期：一、哈尔滨时期。以《跋涉》中的小说、散文为代表。这个时期的作品尽管青涩，但选材和手法已初见端倪，在题材上写的是自己熟悉的农村生活，而且倾向受剥削者，以塑造悲惨的妇女形象为代表，再者就是自己的亲身经历，从中升华开去。在手法上，一方面把对革命和社会问题的关注，融汇到宏大叙事之中，另一方面将文学作为自我关照、真情倾诉，触摸苦难、安稳灵魂的方式。这些作品的发表使萧红在哈尔滨小有名气。二、上海时期。出版了在青岛完成的《生死场》，还有散文集《商市街》，小说、散文集《桥》。靠《生死场》的出版，立足上海文坛，给上海文坛一个不小的新奇和惊动，奠定了萧红在中国现代文学史的地位，一跃成为著名的左翼抗日女作家。从此，让人们渐渐忘记了那个名叫“悄吟”的女士，知道文坛崛起了一个名叫萧红的女作家。《生死场》的成功在于其题材的选择，适应了当时民族解放斗争的时代需要；在于鲜明的阶级性，呼应了左翼文学的主题；在于当时不被人关注，后来越来越被人重视的对于生命的强烈慨叹，对于人的精神状态的关注，这一点超越了时代。《商市街》的出版标志着萧红栖身散文大家行列，而且是独具风格和品位的散文家。《商市街》最大的特点是真情倾诉，感觉化的创作。三、日本时期。这一时期她写了诗歌《异国》《沙粒》，还写了散文、小说《孤独的生活》《家族以外的人》《红的果园》《王四的故事》《永远的憧憬和追求》等。除了表达孤独、痛苦、寂寞的心情，再有就是去不掉的乡愁，沉浸在往事和身边人物的回忆之中，笔力渐显老道，其中尤以有二伯的形象刻画得彰显深刻、感人。四、重庆时期。这个时候写了《孩子的演讲》《旷野的呼唤》《逃难》《回忆鲁迅先生》等作品，因为经常感受飞机轰炸和听人讲述战事，所以这个时期应时反映抗战的作品相对较多，但吸引眼球的作品是《逃难》和《回忆鲁迅先生》。《逃难》是《马伯乐》的前篇，是体现萧红幽默讽刺才能的佳作，《回忆鲁迅先生》写出了不一样的鲁迅，绘出了平民鲁迅的形象，手法随性、自然流畅，找不到斧凿的痕迹。五、香港时期。萧红创作的最后一个时期，创作了巅峰之作《呼兰河传》和《马伯乐》。《马伯乐》是萧红在另类领域的探索，标志着其幽默讽刺才能走向成熟，展现了其多方面的才能，《呼兰河传》是萧红回忆体的巅峰之作，被视为20世纪最伟大的长篇小说之一。

2015年7月18日

萧红的文体与个性

——兼论“萧红热”的原因

谨以此文献给萧红百年诞辰

近期，我正在构思参加萧红百年诞辰活动的论文。构思中，我的头脑中经常浮现诗人臧克家为纪念鲁迅写的诗《有的人》：“有的人活着，他已经死了；有的人死了，他还活着。”我也想起萧红在悼念金剑啸烈士亡灵的《一粒土泥》中也有类似的诗句：“你的尸骨已经干败了！我们的心上，你还活活的走着跳着，你的尸骨也许不存在了！我们的心上，你还活活的说着笑着。”近两天，我在读唐双宁的随笔《负笈集——霜凝随笔之一》，其中一些内容也令我共鸣。他说，我们要想三个问题，第一，想一想六十岁之后怎么样？还有没有人前呼后拥；第二，想一想百年之后怎么样？盖棺论定后社会怎么评价你；第三，想一想千年之后怎么样？你给历史留下了什么。他还说，人的生活实际有三种形态：物质生活、政治生活、精神生活。精神形态最重要，这种形态的生命可以无限延续，与人类同在。我也对比着想，萧红生前的物质生活很艰苦，政治生活很有限，但精神生活却实现了延续，与人类同在。这也许就是她的高尚，就是我们纪念她的意义，也是我们这次活动的目的所在。萧红的一生是短暂的，留下的作品也是有限的，之所以“萧红热”经久不衰，主要源于她的作品和传奇经历。在中国现代女作家中，萧红的传记也许是最多的，至今仍有人跃跃欲试，可见大家对她传奇经历的关注。但这是有前提条件的，如果不是萧红先以作品闻名，如果不是萧红先成为作家，她的经历也就不足为奇了，也就无人问津了！由此说来，“萧红热”的原因最重要的是源于她的作品，她的作品之所以能够流传下来，主要是有自己的个性特点，她创造了有别于他人的文体。

文体是指文章的体裁。文体在某种意义上也可以说就是表达，就是选择，就是风格，甚至也可以说是一种强调。文体是内容和形式的统一。文体包括主题、体裁和技巧三个方面，以及由此相互融合形成的个性风格。萧红作品反映的主题主要集中在三个方面：反映20世纪30年代农村生存状态的作品，以农民为描写对象，和鲁迅一脉相承重点探讨改造国民性问题，此类作品以小说为主，代表作《生死场》《呼兰河传》；反映自身情感、经历的作品，也可以说是自传体记述文、散文杂感，以《商市街》为代表；反映抗战题材的作品，以《看风筝》《旷野的呼唤》等为代表。主题是作品的灵魂，主题的选择关乎作品的成败，也关乎作品的未来。主题的选择是和作者的经历、生活体验，以及创作主张、追求有关的。萧红有和社会底层民众生活的经历，所以从一开始创作就把笔放在了底层民众的身上，用她自己的话说就是对着人类的愚昧。同时，她主张作家不能跟风，不能就阶级论阶级，而应该把视角放在关乎人类发展的问题上，写自己情感熟悉的作品，写自己情绪思恋的作品。因此，她的作品主题至今仍有影响力和感染力，与当代作家追求的写人性一脉相承。

与内容相适应，萧红作品的体裁有小说、散文、诗歌和戏剧等几类。手法和技巧是文体个性风格主要体现，萧红的作品除主题因素外，重点体现在技巧上，在这方面个性表现有：

一、过人的叙事本领，诗一样的语言。萧红的小说不以人物塑造、讲故事和合理搭配结构见长，但她却能找到一种和所描写内容景况相吻合的叙事角度和方法，这种叙述既有深度、有张力，又不乏女性特点。她以那支为读者创造作品中人物、情景以及事物精华的生花妙笔，给读者带来真实、自然、扣人心弦的感受。这种记述日常偶发事物和情景的惊人本领，使她的作品营造了一种超常的感染力和吸引力。语言是小说的核心，语言也是一个作家区别于另一个作家的标志。萧红的行文像诗一样，诗是萧红最早发表的作品，诗是萧红最早阅读的作品。她写小说、写散文是用诗人之笔来写的，有人说她是一位富有诗人气质的小说家和散文家，也有人说她不以诗名，别具诗心。她的作品有诗的意境、诗的旋律和诗的语言。对此最早发现其才能的鲁迅在为《生死场》作序时，赞扬萧红“叙事和写景，胜于人物描写”和“越轨的笔致”；茅盾对《呼兰河传》评价是：“一篇隽永的叙事诗、一幅优美的风景画、一串凄婉的歌谣！”美国葛浩文对《商市街》的评价是“注册商标式的优美简洁文笔”。

二、敏感、直观，善于和巧于抒情。萧红是一位感情丰富的作家，葛浩文认为，她的这些感情，在她生活上，固然是悲剧根源之一，但在她的文学作品中，竟是最具震撼力的一面。她的这种情感在作品中的表现，一方面源于她的性格特点——敏感、善良、坦率、真诚，而且这种情感她是心知肚明的，她知道浸得久了心会被淹死，她时时在批判自己，在控制自己，但欲罢不能，只得任由感情倾泻。另一方面她也主张创作要充满情感，她说，一个题材必须跟作者情感熟悉起来，或者跟作者起着一种思恋的情绪。这种情感有对家乡的思恋，有对祖父和恩师的挚爱，有对农民哀其不幸、恨其不争的意愿，有对“生的坚强”的赞美，也有以女权主义为出发点，对大男子主义的批判。这种情感有的直来直去，有的间接委婉，有的智慧幽默，有的辛辣讽刺。

三、女性作者细致的观察和独特的心理领悟力，创作了类似印象主义的作品。文学创作的原动力不仅包括文学的想象力，还必须包括作家心灵体验的能力，心灵体验能力是萧红作为作家的长项。葛浩文说，萧红不大会写散文和杂感，除小说之外，主要写了一些自传体的记述文。实质这种看法是不对的，和她接触过的中国作家普遍认为，萧红的散文好于小说。对此，萧红颇有意见，很不服气。萧红散文写得最多，而且这是一种特例的散文，是把所回忆的事件以创造性的笔调表示出来的。以《商市街》为代表，其中对饿的描述达到了极致，极具感染力，成为佳篇。她在这方面的作品最有力、最感人，是她整个作品不可或缺的部分，也是她个性风格的有力见证。除此之外，还有一点必须提到，萧红是一位乡土作家，她继承了以鲁迅为代表的国内乡土作家的特点，借鉴了以苏联作家肖洛霍夫、屠格涅夫为代表的国外作家的经验，形成了自己独特的乡土创作风格。她擅长风景描写，并在描写中融入自身的情感、个性，为作品中人物的出场做烘托，和人物的性格联系起来。这点又高于国外的作品。她能够把农民的家畜写活了，她具有如数家珍介绍风土文化的本领，她的作品本身就是当地文化的巡礼。记得鲁迅曾说过，越是民族的越是世界的。

综上所述，萧红的个性文体，首先体现在主题上，其次是技巧，第三是乡土气息。我们可以概括地说，萧红是一位描写生活底层民众——以农民为代表的乡土作家，同时也是一位抒发自身心灵感受的作家。她致力于挖掘农民的劣根性，撕开伤疤让人看，寻求民族自省的路子。同时也展现自身的情感历程，袒露心扉，在幽默、讽刺、议论中表达自己对环境、对人物的看法。这种文体在外在表现上可以描述为小说散文化，散文小说化。这种文体还和改革开放后多种文艺思潮的引进、主题的突破、手法的创新相吻合，有着不可割舍的联系，这也是80年代起萧红热形成的一个根本原因。萧红个性文体的形成，有其天然禀赋的原因，也有其自身主观的原因，而这需要我们从其成长经历上去探索和品味。

在萧红的个性、传奇的成长经历中寻求创作因素，我们必须辩证看待问题。应该承认，萧红成长具有先天因素，主要体现是自幼聪明好学，博闻强识，敏感、感悟力强，但是后天努力更重要。在这方面，萧红生前也有自己的心声，在她和聂绀弩谈论创作感想时曾说，我也并不是说自己毫无天赋，但是，如果认为我能够不学而能，写文章提笔立就，那就是大错特错。写文章之于我，一如香菱学诗，她在梦里也作诗，我也是常常在梦里都在考虑写文章，不过这段没有向别人说过，只是大家不知道罢了。

萧红的后天努力因素可以概括为三点：

一、学习是成长进步的阶梯。从我们掌握的资料看，萧红和很多著名现代作家一样，在少不更事的时候就接受了古典文学教育，祖父教她开始背千家诗。懂事了，由于有从小养成的习惯，加之家中又有藏书，因此，又读了很多古典名著。再后来，在上学期间，又阅读了很多现代著名作家的作品，和以苏联为代表的一些国外作家的经典作品。这种汲取的过程是持续的，一直到去世前萧红还在坚持学习。这些都为其成为著名作家打下了坚实基础。

二、生活经历是创作源泉。萧红在文学创作上有自己的主张，在文学作品中表现出双重性格，既有女性纤细的一面，又有男性豪迈的心胸，但在生活中却更多表现出柔弱的个性。任性、单纯、缺少主见、对男性依赖性强，由此酿造了苦难的人生、服毒的人生。回顾萧红短暂的一生，她尝尽了人生的酸甜苦辣，饱受病痛的折磨，一生尽遭白眼冷遇。正是这苦难的人生，使她的个性生活充满传奇色彩，正是这苦难的人生，使她的创作天地有了取之不尽的源泉。从创作的角度说，她对生活的汲取主要来源于三个方面：一是童年生活。童年对萧红的影响是刻骨铭心的，童年时期萧红形成了基本的价值观取向，对周边亲人及租户有了定性的看法。这种价值观的形成和其小时候的生存环境有一定的关联，亲生父母和继母的冷落以及祖父的娇惯，使她有机会接触同院居住的佣人，对他们寄予了更多的同情和关爱。同时，萧红离家出走后再没有机会回到故乡，这种童年的乡愁随着时间的推移走得越远，越发浓郁，她的很多作品都取材于童年生活，或者和童年经历有关。二是情感生活。萧红反抗包办婚姻，做出去北平求学、离家出走的决定，除了她那与生俱来的逆反、任性和抗争性格外，还有一个重要因素，那就是她善于接受新事物，富于理想、耽于幻想，走了娜拉的路子。她没有像鲁迅小说《伤逝》主人公子君那样向家庭投降，但她必须向生活低头，在未婚夫汪恩甲的巧言蜜语哄骗下，走向了同居生活。萧红的爱情生活是不幸的，和她生活过的男人给她造成了伤害和摧残，但同时也给予其帮助和支撑。萧红在创作上个性主张非常鲜明，但在生活上她却不能自主，由此带来了很多烦恼、忧郁、伤感和哀怨，就像陷入泥潭一样不能自拔，自然也就成了她的创作源泉。三是抗战生活。萧红从异乡到异乡，有其他因素，但最为重要的还是躲避日本鬼子入侵，躲避城市的沦陷，寻找一个更加安静的地方写作，以笔抒发心灵的创伤，以笔改变国民性，以笔激发国民抗战的激情。萧红认为这也是战斗，在战斗中获得了胜利的果实——那就是作品。

三、创作主张是创新的保障。创作主张是思想、是灵魂、是方向，是创新、创造，是形成个性文体的保障。萧红并不见长于文艺理论，她也没有写过文艺理论文章，她的文艺理论观点都是她在理论研讨会上的零星发言，但串起来却很系统，有自己独到的主张。重点有三个方面，一是对创作抗战题材的看法。针对多数人主张作家必须上前线，只有上前线才能写出好的抗战作品，她却持与众不同的看法。她说，上前线是支持抗战，在后方写作也支持抗战，作家上前线去打仗，牺牲了是无谓的牺牲。体验生活不见得非得去前线，在后方也没有与抗战生活隔离，比如跑警报，也就是战时生活，不过我们抓不到罢了。即使我们上前线去，被日本兵打死了，如果抓不住也就写不出来。二是对作家选题的看法。她认为，作家应该放眼关系整个民族的深层次问题，为民族觉醒、解放而战斗。要写自身感受深刻、刻骨铭心的题材，而不能人云亦云，那样是写不来好作品的。三是对创作手法的看法。她认为作家有佳作，没有所谓高峰，在创作上不要畏惧权威，要走自己的路。她说，一个有出息的作家在创作上应该走自己的路。有人认为小说就一定要写得像托尔斯泰、巴尔扎克和契诃夫的作品那样，“我不信这一套，其实有各式各样的生活，各式各样的作家，也有各式各样的小说”。她是这么说的也是这么做的，也正是她个性化的主张以及个性化的经历，才成就了其个性化的作品。

写于2011年5月11日，收录于2013年版《百年视阈论萧红》

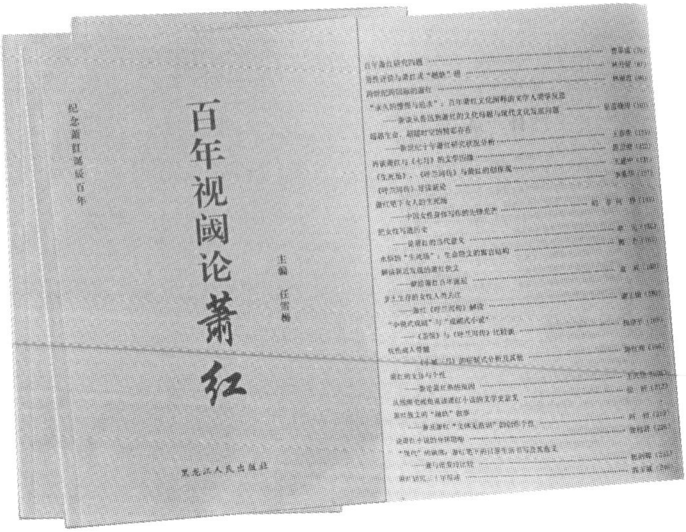

萧红主要作品分述

《生死场》是萧红的成名作

《生死场》写作和发表历经哈尔滨、青岛、上海三座城市，一波三折。《生死场》不是一部成熟的作品，但发表后却反映强烈，甚至很长时间掩盖了萧红成熟的作品。这是为什么呢？

《生死场》是怎样写成的

萧红在哈尔滨时期和萧军合出一本小说散文集《跋涉》，步入文坛，并赢得不少赞誉，形成了萧红创作的第一个高峰期。在那时，二萧就开始构思中篇小说：萧军计划写《八月的乡村》等三个中篇小说；萧红虽没明确计划，但已经开始创作她的中篇小说《麦场》的前两章《麦场》和《菜圃》，并以《麦场》为题发表于1934年4月20日至5月17日哈尔滨《国际协报》副刊《国际公园》。二萧均计划写抗战题材的作品，这和他们当时所处的环境有关，也和他们与进步人士接触有关。当时舒群带中共磐石中心县委委员傅天飞到二萧家讲述磐石游击队的故事，萧红一边做饭，一边听，结果把饼都煎糊了，吃饭时只能再出去买面包。吃过饭，他们接着聊，萧红连碗也不洗，站在门口听。后来萧军的《八月的乡村》，萧红的《生死场》，其中都不同程度地借鉴了傅天飞提供的素材。1934年6月15日，二萧来到青岛，把家安顿好，萧红调整好心态就开始了写作，仅用四个月时间便完成了创作。萧红的中篇比萧军的中篇写得快，萧军的《八月的乡村》是到了上海在萧红的鼓励下才写完。二萧的作品相互影响，因为他们互相看，互相提意见。萧红的《生死场》在青岛时就寄给了鲁迅。这部作品是不够成熟的，对此，萧红也不回避。在青岛时，他们结识张梅林，张梅林经常到二萧家做客，萧红给张梅林朗读一两段《麦场》后，张梅林通读了全文，觉得笔触清丽纤细大胆，好像一首牧歌。将原稿交回时，萧红问道："怎么样？阿张。"张梅林说："感觉很好。只是全部结构缺少有机联系。"萧红说："我也这样感觉。但到现在为止，想不出其他的方法了，就让它这样吧。"

《生死场》都写了什么

《生死场》立意是要写抗战题材，但萧红是任性的，而且善于写和自己情感联系紧密的事情，拿手写自己熟悉的经历。所以萧红开场就写自己钟情的农村生活，写农村的风景、农村的种地场面，农村妇女猫冬的嬉笑怒骂，农民和牲畜的感情，对地主剥削的奋起和悲剧的收场，还有萧红对生殖和死亡的敏感。用胡风的话说："……蚊子式的生活，糊糊涂涂地生殖，乱七八糟的死亡，用自己的血汗自己的生命肥沃了大地，种出粮食，养出畜类，辛辛苦苦地蠕动在自然的暴君和两只脚的暴君威力下面。"

但写着写着，萧红又回到了主题，“卷来了黑色的石头”，飞来了宣传“王道”的汽车和飞机，日本旗代替了中国旗。在这种情况下，驯服不行，驯服也要被刻上亡国奴的烙印，要么被强奸、要么被杀害；离开呢？到都市去也罢，到尼庵去也罢，都走不出这个吃人的世界。没办法，只能反抗。在困难里倔强的老王婆固然站起来了，忏悔过“好良心”的老赵三也站起来了，就连那个世界上只看得见自己那一匹山羊的谨慎的二里半也站起来了，寡妇们回答出：“是啊！千刀万剐也愿意！”老赵三流泪喊着：“等我埋在坟里……也要把中国旗插在坟顶，我是中国人！我要中国旗子，我不当亡国奴，生是中国人，死是中国鬼……不……不是亡……亡国奴……”这个时候每个人跪在枪口前面盟誓说：“若是心不诚，天杀我，枪杀我，枪子是有灵有圣有眼睛的啊！”这时蚁子一样的愚夫愚妇们悲壮地站在了神圣的民族战争的前线，过去他们是蚁子式地为死而生，现在是巨人式地为死而生。

这写的是哈尔滨附近的一个偏僻村庄，而且是崛起的最初阶段，是野生的奋起。它“显示着中国的一份和全部，现在和未来，死路和活路”（鲁迅《八月的乡村》序）。

萧红的《生死场》不在场面的渲染和过程的叙述，关键是具有象征人物的收尾，迎合了时人的意愿，坚定了信心，鼓舞了斗志，所以赢得了地位。

《生死场》的出版一波三折

萧红的《生死场》是二萧于1934年10月9日收到鲁迅第一封回信后立即寄出的，萧军的《八月的乡村》是1934年11月30日二萧和鲁迅第一次见面当面交给鲁迅的，前后相差一个月二十一天。1935年6月萧军的《八月的乡村》作为“奴隶丛书”之二自费出版，立即引起很大反响。萧红很着急，她的《生死场》在名家先后推荐给三个出版社杳无音讯的情况下，于同年12月作为“奴隶丛书”之三自费出版，和萧军的书出版前后相差四个月。

萧红的《生死场》从寄给鲁迅到发表，历经一年时间。刚一交到鲁迅手时，鲁迅并没有看完，因为复写纸写的，看起来不容易，但他很快推荐给了生活书店，书店呈国民党中央宣传部书报检查委员会半年之后，终未获得出版许可。鲁迅后来在为之作序时说：“人常常会事后才聪明，回想起来，这正是当然的事：对于生的坚强和死的挣扎，恐怕也确是大背‘训政’之道的。”书稿退回，鲁迅又介绍到《文学》杂志社希望连载。《八月的乡村》付印后，胡风在与二萧第一次见面时，《麦场》还在等待着文学社的消息，不久，书稿还是被退了回来。鲁迅在1935年8月24日给萧军的信中说退回的理由是他们认为“稍弱”。鲁迅转而交给胡风，让他拿到《妇女生活》试试，看能否发表，如果不行就只好搁起来。萧红再次陷入渺茫。书稿最终还是被《妇女生活》退了回来。至此，鲁迅把能动用的关系都试探过了，终是无能为力。萧红自然不甘心让书稿搁置起来，于是效仿叶紫、萧军以“奴隶社”的名义自费出版，好在此时她和萧军有了一定的稿费、书费收入，交付印刷定金不成问题。正应了那句老话：好饭不怕晚。萧红的书虽然历经波折、出的晚，但却得到了进一步润色和准备。胡风琢磨一番，最后从书中小标题里提炼出“生死场”作为书名，得到鲁迅的肯定；鲁迅拿到萧红仔细校对过的《生死场》清样，又精校了一遍，将其中的错落之处和不恰当的格式用红笔一一改正。全面看完后，于11月14日深夜为之写了一篇序言，第二天，寄给了萧红。当天，鲁迅还把经自己审校过的《生死场》交给来访的胡风，虽然有了自己的序言，但先生还是请他就这部书写点文字以便读者理解。胡风应承下来，于22日凌晨写了一篇“读后记”。萧红还利用自身拥有的美术知识为自己的书设计了封面，改笔名悄吟为萧红。至此，萧红的第一部中篇出版可谓完美收官。

《生死场》的艺术风格及手法

艺术风格和手法是打下烙印的东西，是对后来写作产生风格影响的关键，因此，必须看重。说起对萧红的写作手法的评价绕不过的三个人，首先是鲁迅，给萧红的感觉是祖父一样的温暖。鲁迅的序不长，三分之二篇幅讲心情、讲感受，寥寥数语评价萧红的写作，但却成为经典：“……叙事和写景胜于人物描写……女性作者细致的观察和越轨的笔致，又增加了不少明丽和新鲜。”另一位是胡风：“……《生死场》作者是没有读过《被开垦了的处女地》的，但她所写的农民们底对于家畜（羊、马、牛）的爱着，真实而又质朴，在我们已有的农民文学里面似乎还没有见过这样动人的诗篇。”“使人兴奋的是，这本不但写出了愚夫愚妇底悲欢苦恼而且写出了蓝空下的血迹模糊的大地和留在那模糊的血土上的铁一样重的战斗意志的书，却出自一个青年女性的手笔。在这里我们看到了女性纤细的感觉也看到了非女性雄迈的胸境。”还有一位就是后来的国际友人葛浩文，他认为“其中最重要的是《生死场》，是四本中唯一对当时社会有相当影响力的作品”。他从两个角度研讨了这部小说，“第一，它对当时读者的影响以及它唤起大众‘抗战决心’的效果；第二，这部小说动人笔调以及它所产生的小说效果”。分析后他认为小说的效果要比唤起“抗战决心”的效果真实生动。再有一个人就是聂绀弩，他在和萧红谈话中碰撞出了智慧火花，他对萧红说：“你所写的那些人物，当他们是个体时，正如你所说，都是自然的奴隶。但当他们一成为集体时，由于他们的处境同别的条件，由量变到质变，变成为一个集体英雄了，人民英雄、民族英雄。用你的话说，就不是你所能悲怜的了。但他们由于个体的缺陷，也还只是初步的、自发的、带有盲目性的集体英雄。”

除了上述大家的赞许和慧眼识珠式的评价，我觉得这部小说显露的才气和对后来创作影响深刻的有以下几个方面：

萧红绘画才能在文学创作中的发挥，表现为写景和叙事的独到。头两章《麦场》和《菜圃》尤为突出，像电影镜头一样，一会儿放远，一会儿拉近，牲畜、人、家庭、邻居逐一出现。而且那地域特色、孩子玩耍的场景、农村妇女聚堆嬉笑怒骂的场面，用简洁的笔触勾画得栩栩如生、引人入胜，并且色彩感极强。

诗化语言的作用。萧红写诗，但诗的韵味并不足；萧红写小说、散文却牵手可得诗的感觉。《呼兰河传》是代表，《生死场》已有了端倪。如“窗外，阳光洒满窗子，屋内妇人们为了生产疲乏着。田庄上绿色的世界里，人们洒着汗滴”，还有“……不知谁，她的声音没有人接受，空洞的在屋里走了一周，最后声音消灭在白月的窗纸上”。有让子弹飞的感受。

感觉化的倾向形成，真挚诉说的风格。以后《商市街》延续了这个时期的水准，只是写得更加顺畅、更加细腻、更加生动传神了。在《生死场》我们可以找到《商市街》的影子，如写金枝站在一家俄国点心铺的窗纱外，那种因饥饿想全盘把乳猪抱走的感觉，以及和俄国女人的对比，包括对肉铺的留恋，简直就是《商市街》的翻版。

对人生终极问题的思考。萧红写东西总有思考在里面，而且这种思考是人类生存问题的思考，是跨越时空，不受地域限制的思考，所以萧红的作品才能成为世界受关注、推崇的作品。萧红从女性经验出发，对生命的强烈慨叹、对于人的精神状态的关注，超越了自己的时代。贯穿《生死场》全书的唯一最有力的主题就是“生”与“死”的相走相亲、相生相克的哲学：“在乡村永久不晓得，永久体验不到灵魂，只有物质来充实他们。”“死人死了！活人计算着怎样活下去。冬天女人们预备夏季的衣裳；男人们计虑着怎样开始明年耕种”，人们就这样浑浑噩噩地活着。还有就是对女权主义的伸张，男人诅咒、阻止女人生孩子，男人对女人只有肉体的需要，却没有人性的关怀，这些在《呼兰河传》等作品中又有了新的发展。

以村庄为主线，是后来《呼兰河传》以城市为主线的蓝本。《生死场》写的并不是某个人某个家庭的故事，而是那整个村庄、村民的故事。村中的农民们世代恬静的生活像一成不变似的，后来被日本鬼子的铁蹄打乱了，农民们开始被迫反日斗争的觉醒过程。

幽默的运用不容忽视。麻面婆带罗圈腿偷倭瓜是聪明反被聪明误，偷的竟是自己家的倭瓜。这段幽默是《生死场》中仅有的，是正面、轻松的幽默，以后《呼兰河传》《马伯乐》中幽默用得多了，那是冷峻、深刻，让人思索的幽默。

还有前后对应运用的颇具象征韵味。开头是二里半找羊，结尾是二里半放弃羊，一瘸一拐地走向了革命。

《生死场》的地位和影响

《生死场》出版后反响是大的，萧红的名字不胫而走，小说成为鼓舞青年斗志，奋起反抗的政治教科书，萧红由此获得抗战作家的荣誉，在现代文学史上占有一席之地。《生死场》出版是萧红创作的第二个里程碑，第一个里程碑萧红凭借和萧军合著的《跋涉》在哈尔滨小有名气，第二个里程碑萧红凭借《生死场》红遍上海走向全国。正如许广平所说的那样，《八月的乡村》和《生死场》"作为东北人民向征服者抗议的里程碑的作品"，其面世"无疑地给上海文坛一个不小的新奇和惊动"，"是萧红女士和上海人初次见面的礼物"。葛浩文说《生死场》"是三十年代抗战文学的奠基作品之一"。《生死场》出版后，萧红从此发表文章不成问题，获得了衣食无忧的安宁，一生漂泊的生涯暂短停顿。许多杂志拉她和萧军当台柱子，一跃成为上海文坛令人瞩目的明星。

葛浩文先生曾提出《生死场》是不是一开始就是写抗战主题的作品？通过论证分析后，他得出结论是否定的。他认为在小说写到三分之二篇幅时，萧红转换主题，由写农村农民的生活转向抗日；后面三分之一显得苍白，但却得到了意想之外的影响，甚至说这部小说是所有爱国作家都应极力效仿的典型文学作品。他认为之所以这种情况，主要是萧红受萧军的影响，在萧军那里能够找到答案。我认为，萧红之所以把这部小说写成抗战作品，一开始构思时应该有这个想法，一个是受萧军影响，一个是当时环境所迫，她也想写应时应景作品。但这一领域她是不熟悉的，起稿从农村的日常场面写起，写着写着，沉醉其中，这正是萧红的任性，等到意识到，要调整时已经有点晚了。那么为什么还能起到那样的效果呢？一个是手法问题，尽管人物模糊不清，过程多数是道听途说，但象征意味颇浓；一个是当时的环境，小说写出的这些就足够了，那时候人们没有时间研究那么多，能够激发斗志就是大家所要的。

现在回到主题，既然《生死场》不是一部成功作品，为什么还那么火呢？我认为当时火有两点原因，一是抗战作品，二是大家的推荐，鲁迅的序、胡风的读后记起了推波助澜作用。之所以现在还火，那还得加上一条，就是萧红在这部作品体现出的个性、风格，也就是作品打下烙印的东西。

作者文章所发表的报刊

《商市街》是萧红散文的代表作

萧红《商市街》出版后，大家都认为她散文写得好，言外之意她的小说写得不如散文。对此，萧红很不服气。但无论萧红服不服气，《商市街》的确是她散文的经典，甚至有人说，不读

《商市街》，没有资格谈论萧红。

《商市街》的写作背景

萧红的《商市街》写于1935年4至5月期间，有的传记说两个月时间写了四十一篇散文，还有的说，终续写至1936年5月，结集出版是1936年8月。这一时期萧红的心情即是其写作背景。

写作环境好了，得到了鲁迅的关照和宠爱，因此，急于多写作品，写出好作品。初到上海，萧红生活平静，遇见鲁迅，心情大好。一时没有写作计划，自己又会做饭，一天吃吃睡睡，胖了很多，萧军管她叫“小海豹”，朋友管她叫“胖蝈蝈”。萧红给鲁迅写信，让鲁迅鞭打她，鲁迅幽默地说，文章是打不出来的。如果胖得像蝈蝈了，那就会有蝈蝈样的文章。搬到拉都路351号新居后，萧红埋头创作散文，鲁迅和许广平到萧红家做客，萧红正埋首创作《商市街》。

《八月的乡村》的成功，使二萧的心理地位发生严重倾斜，萧红怕失去那贫苦中的快乐。一次，胡风夫妇来访，见萧红一个人在擦地板，问三郎呢？萧红说：“人家一个人到公园看书用功去了，等回来，你看吧，一定怪我不读书。”然后她又说：“你看这地这么埋汰，他可以不收拾，我不收拾能行吗！”不一会儿，萧军容光焕发地回来了，一边谈他看书，一边既带炫耀又带谴责的口吻说萧红了：“你就是不用功，不肯多读书，你看我，一大早大半本。”萧红冷冷地说：“人家一大早去公园用功，我们可得擦地板，你还好意思说呢！”萧军自知理亏，哈哈一阵大笑，胡风夫妇联想到进门时萧红说的话，也不禁大笑起来。从这件事中我们可以看到萧军的变化。萧红已经感到萧军在慢慢远离自己，他成名了，有了作家的范儿，骨子里的大男子主义更加严重。萧红越来越感到自己只是他的附属品或者内人。在这种时刻，她是多么想念居住在商市街时那些贫穷中的快乐日子啊！

离开家乡久了，人在寂寞、苦闷、失落的时候，总有乡愁萦绕心头。萧红是一个乡土作家，总有乡愁在心头，离得越远、越久，这种乡愁越浓。在上海，虽然离开家乡并不是很久，但人在爱莫能助的时候，总是想起父母、想起家乡的依靠。二萧在商市街那段生活很苦，但有精神支柱，有奋发进取，有穷欢乐的劲头，而往往条件好了，却滋生矛盾，产生了分歧。那些如烟一样无法追寻的过去，那可能永远回不去的故乡，那再也不可能重现的爱情，是萧红要向往的，也是能抓住和打动读者心灵的。

《商市街》的内容

《商市街》写的是萧红和萧军结合后从暂住新城大街（今道里尚志大街）欧罗巴旅馆，到筑巢商市街25号铁路局姓汪的庶务科长家耳房，一段穷困潦倒而又快乐的生活。这段时间不算长，大约两年左右，大致经历了这样几段生活：

蜜月里的饥寒交迫生活。二萧结合后身无分文，只能投宿在朋友裴馨园家，但长住下去总不是那么回事，这之中经历了萧红生产（生孩子）

欧巴罗旅馆

的刑罚，和寄人篱下的冷言及白眼，最后在人家下了逐客令的情况下只能硬着头皮另找住处。对于这段经历，萧红在《商市街》中没有写，也许是她不愿意回忆的往事，她只在第一篇《欧罗巴旅馆》结尾处点了一句“天明了，是第二天，从朋友处被逐出来的第二天”，这看似轻轻带上的一笔，分量还是挺重的。之后的生活更是可想而知。有饿的饥肠刮肚，也有冷的无衣遮盖；有借钱的无奈，有当东西一时的爽快，也有拉下脸来向朋友要的不得已的举动；有求职的艰难和谋生的不易，也有二人为了谋生而发生的争执和借酒消愁的愁绪。再不行，他们就用睡眠来抑制饥饿，两人依偎一起，互相拥抱来取暖。

参加左翼文艺活动的快乐生活。到牵牛坊结识了新朋友，尽管他们生活依旧很拮据，看着好吃的有碍于面子地推辞，也有看人家吃松子感觉奢侈浪费的念头，别人是吃着玩的，他们是用来充饥的，但是毕竟有拍剧的投入，跳舞的愉悦，捉迷藏的感怀，萧红终于找到了几个快乐的日子。

被人盯梢，被迫离开哈尔滨的恐惧生活。快乐的日子只有几天，紧接着就由于自费出版册子带来了麻烦。出门一个熟人拍一下都吓一跳，在家里把所有可以的东西都烧掉，还觉得不放心，整天处于提心吊胆的恐惧生活之中，最终只能走向流浪和逃亡。

因第三者介入带来的爱情烦恼生活。在《商市街》中萧红写到了两个女人，一位是房东的三小姐、萧红的中学同学汪林，萧红对她的感觉是美丽、优越。她的出现，时时提示萧红的窘迫。她和萧军经常在一起玩，夏天来临的时候，她主动进攻了，好在萧军抵住了诱惑，后来帮她找了一位编辑，结束这段风波。另一位是陈娟，萧红一开始就对她有防范之心，她慢慢地看着陈娟，陈娟也慢慢地看着她。在萧红眼里，她很漂亮、很素净，脸上不抹粉，头发没有卷起来，只是扎一条红绸带，这就显得别有风味，又美又净。她和萧军是在舞场认识的，她邀萧军一起去滑冰，她知道和萧红之间有误会后又主动带着自己真正恋人到二萧家来告别，以此解除疑忌，但她并没有得到萧红的谅解。萧红在《一个南方的姑娘》结尾处写道："程女士要回南方，她到我们这里来辞行，有我做障碍，她没有把要说出来的'愁'尽量诉说给郎华，她终于带着'愁'回南方去了。"

这段时间尽管他们总的生活基调是愁苦度日，但是两个人也主动追求快乐，以青春生命的天然活力去对抗炎凉的环境。春天来了，萧红咏物抒情，他们去公园观景，到江上去划船，玩得高兴了，萧军把放在岸上的衣服丢了，捞了死鱼回去煮着吃。萧红还怜悯、关怀穷人，自己有一分也要劈着花，一条小鱼死了，能想到人和鱼同命运，诅咒社会不公，缺少人性，缺少自由。看了老人劈木板给了钱不走，以为给少了，原来是给多了，要求扣除吃的面包钱，萧红说不要了，老人一再谢谢，萧红由此思考人性。许多年后萧军回忆说："尽管那时候我们的生活是艰苦的，政治、社会……环境是恶劣的，但我们从不悲观、不愁苦、不唉声叹气，不怨天尤人，不垂头丧气……我们常常用玩笑的，蔑视的，自我讽刺的态度来对待所有遇到的困苦和艰难，以至可能发生或已发生的危害！这种乐观的习性是我们共有的。""不管天，不管地，不担心明天的生活；蔑视一切，傲视一切……这种'流浪式'的性格，我们也是共有的。""正因为我们共有了这种性格，因此过得很快活，很有诗意，很潇洒，很自然……甚至为某些人所羡慕！……"葛浩文在《萧红评传》中说："虽然萧红所描写的那段日子，正是身心状况非常痛苦的时候，但在她的笔下却毫无自怨自艾的语句；相反地，却处处洋溢‘乐天知命’和‘奋发进取’的精神。”正是如此，萧红才沉浸和留恋往昔的岁月，与现实中萧军不珍惜来之不易的生活，和萧红的距离越来越远，形成了鲜明对照。

《商市街》的手法

《商市街》的手法是独特的，也是无法模仿的。

创造了一种文体。创造了一种介于散文、小说和自传之间的文体。说是自传，基本事实是真实的，但有艺术创造，并且还不连贯；说是小说，有小说的因素，虽然几个片段生活有跳跃，但商市街把它们串了起来。情节有小的跌宕起伏，一会儿窘迫得不得了，一会儿又穷快乐，过一会儿，又走向了恐惧，最后决意离开。除主人公二萧外，还有其他人物如穷人等在里面，并且采用了很多对话。但按严格意义的小说又够不上；说是散文，又像是小说。

找到了一种切合文体的表达方式。写的不是作者生活中的大事，重点是二人生活中的小节，她们对事物的感受和反应，生活的气氛、过日子的方式等，但作者生活的实质在作品中“往往力透纸背”。萧红以她个人独特的领悟力，紧紧把握当时的情况，当时的气氛和一般人所易忽略的细节，使她记述的情景生动有力，如数家珍地叙述那些她生命中所发生的事情，使《商市街》成为一部颇受大家欢迎的作品。

对话和联想运用独到。萧红的《商市街》技巧用的还是蛮多的，也是值得我们注意的。这之中对话和联想的运用非常独特。对话有两个作用，一是简洁，二是拉近了读者与作家之间的距离。萧红的基本写法是先铺垫、渲染，然后用对话表达心理和用意，如首篇《欧罗巴旅馆》，先铺陈有铺盖的好，尽管这铺盖不是很高档，但不一会儿茶房来取了，问："也租铺盖吗?"回答："租的。""五角钱一天。"一听到这么多钱，马上回答"不租。""不租。"而且是两个人一起回答，异口同声。没有修辞、没有陈述，短短的对话，把没钱的窘态和前后矛盾的心理一览无余地表达出来了，使读者有身临其境的感受。联想分为过去经历生活积累的联想和眼前事物的联想，前一种如《搬家》中在家里待着寂寞，想到了"我好像落下井的鸭子一般寂寞并且隔绝"，又如《最后的一块木柈》中由住在"没有明暗的幽室"，想到"人住在里面正像菌类生在不见天日的大树下"；后一种联想更是比比皆是，属于触景生情，看到桌子就拿桌子作比喻，看到铜板就想铜板的作用，看到面包就联想面包也能吃人。除此之外，对比、重复、写景、抒情也都运用的很好，同时还采用了不少意识流、幻想一类的写法。

语言精练、质朴、贴切。精练，葛浩文比喻为注册商标式的语言，题目短，如《饿》《借》《册子》《生人》；语言短，如前面说到的对话；篇幅短，总体都不长，有的只有上百字，如《生人》。质朴是指直白、真实，不做作，不虚张声势，不自作多情。读萧红作品这点感触特别深。贴切，符合情境、符合语境，而且寥寥数语就表达了所要表达的心情。比如《决意》开头是这样写的："非走不可，环境虽然和缓下来，不走是不行，几月走呢？五月吧！"结尾处又这样写道："剧团的徐同志不是出来了吗？不是被灌了凉水吗？我想到这里，想到一个人，被弄去了，灌凉水，打橡皮鞭子，那已经不成个人了。走吧，非走不可。"精练的语言把当时情境表达得非常清楚，读者也像和作者一样提心吊胆，心里默默地敦促作者赶紧走吧！

总之，《商市街》是萧红的一部转型作品，标志着由此走向成熟，由此有了个性，由此形成风格。

2015年4月1日

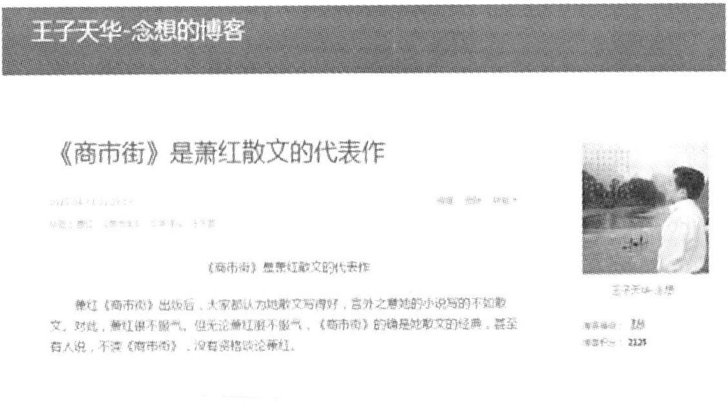
王子天华-念想的博客

《商市街》是萧红散文的代表作

《商市街》是萧红散文的代表作

萧红《商市街》出版后，大家都认为她散文写得好，言外之意她的小说写的不如散文。对此，萧红很不服气。但无论萧红服不服气，《商市街》的确是她散文的经典。甚至有人说，不读《商市街》，没有资格谈论萧红。

《回忆鲁迅先生》是萧红散文的精品

《回忆鲁迅先生》是研究萧红的人必读和必须单独评论的作品，是回忆鲁迅系列文章中独辟蹊径、充满个性的作品，是常读常新、越品越有滋味的作品。

《回忆鲁迅先生》描写了一个生活中的鲁迅，还原了一个真实而有趣的鲁迅，呈现了一个全新的鲁迅。用《落红记》作者青青的话说："《回忆鲁迅先生》写的别有生命，别有神情，别有温暖，别有柔软，别有光泽。"

萧红为什么能写出这样的鲁迅

从1934年年底抵达，到1937年9月底离开，萧红在上海居住了将近三年。从1934年10月9日鲁迅给二萧回信，到11月30日第一次见面，再到1936年7月15日鲁迅在家里为萧红设宴饯行，萧红和鲁迅书信接触一个多月时间，初次相见到经常来往近两年时间。在这近两年时间里，萧红和鲁迅从相识、相知到心灵相通。萧红对鲁迅景仰、敬重，鲁迅对萧红宠爱、恩慈，萧红在鲁迅那儿找到了祖父的感觉，鲁迅也在萧红那儿得到了孩子一样的开心、快乐。这些都为萧红写好鲁迅打下了基础。

在书信传递中找到了灵魂对接的密码。一开始二萧给鲁迅写信以萧军为主，鲁迅也就忽略了萧红，后来萧红提出抗议，鲁迅幽默地立行立改。后来再通信，萧军总是庄严地问一些大问题，而萧红却不断有孩子般的好奇心，甚至调皮、捣蛋。比如问鲁迅是否真的喜欢壁虎，许广平是不是交际花。萧红每提一个问题，鲁迅都快乐回复。慢慢地一来一往，两人在文字里找到了灵魂对接的密码，两个质

萧红在鲁迅先生家门前

地相似的灵魂从此惺惺相惜、互相慰藉。他们喜欢对方的信息，知道对方的痛苦和寂寞。一方孤独，一方率真。

在文学上有相向的追求和才气。萧红的文学才能虽不及鲁迅，但两人一开始就互相欣赏对方的作品。鲁迅对《生死场》的评价颇高：“……叙事和写景，胜于人物描写，然而北方人民的对生的坚强，对死的挣扎，却往往已经力透纸背；女性作者的细致观察和越轨笔致，又增添了不少明丽和新鲜。”这种评价成为了经典。许广平回忆鲁迅每每和朋友们谈起二萧时多推荐萧红，认为在写作前途上，萧红更有希望。在鲁迅病逝前接受斯诺访问时，说萧红“是当今中国最有前途的女作家，很可能成为丁玲的后继者，而且她接替丁玲的时间，要比丁玲接替冰心的时间早得多”。萧红和聂绀弩谈话评价鲁迅作品，令聂绀弩刮目相看，认为评价恰当中肯，其深刻性无人能比。萧红和鲁迅都有用文学作品塑造国民性的想法，萧红接触鲁迅后坚定了这种追求，并且思想的深刻性和圆熟性都进步了一大块，这在后期作品《呼兰河传》和《马伯乐》人物塑造中有很好的体现。就连萧红远离政治，坚持在后方一样写抗战作品，写和自己情感紧密的题材想法，也不能不说是受到了鲁迅的影响。

在频繁接触中印下了鲁迅挥之不去的永久形象。萧红和鲁迅在一起来往的时间并不长，但接触却相当频繁。一开始二萧是本着感恩和受关照的心理到鲁迅家去，之后萧红是感受祖父式的温暖和爱，再后来萧红是无处可去，只有硬着头皮到鲁迅家去排遣与萧军之间的情感苦闷。这之中萧红就像到祖父那儿一样，来去自如，非常随意，耳濡目染了鲁迅的饮食起居、工作和待客，一个长者、恩师、祖父、贵人的形象逐渐形成。

女性的纤细和敏感捕捉了生动的细节。萧红的作品以细节取胜，她写出的细节往往生动传神。这点鲁迅早就看到了，萧红在回忆中也用上了。这不能不说得益于萧红对鲁迅音容笑貌、一举一动的熟悉，也得益于她的敏感和观察问题的独到，还得益于她越轨的笔致。

萧红写出了怎样的鲁迅

在一般人的眼中，鲁迅是新文化的旗手，是一位知识渊博、思想深邃而又践行白话文的作家，是一位深邃、善辩、尖刻的杂文家，是一位好战分子，也是一位生活严肃、孤独、单调、刻板的老人。实际上鲁迅也有常人的一面，鲁迅也有恩慈，也有柔情，也有儿女情长。萧红正是抓住这一切入点，写生活中的鲁迅，写大家没有看到的鲁迅的另一面，把鲁迅家的大门向公众敞开，让读者了解他的饮食起居、了解他的音容笑貌，解开其背后生活神秘的一面，塑造一个活生生的鲁迅。萧红也曾计划写鲁迅外在的一面，在后记说："右一章系记先师鲁迅先生日常生活的一面，其间关于治学之经略，接世之方法，或未涉及。将来如有机会，当能有所续记。"但由于英年早逝没有完成。虽然如此，萧红留下的回忆鲁迅文章，足以令人惊叹。

给出了人们期待的日常生活形象。一想起鲁迅，往事历历在目、如数家珍，对萧红来说，信手拈来皆成文章，并且妙趣横生。但她知道读者心理，一提笔就写到鲁迅的笑声，鲁迅的走路，鲁迅的硬头发，爽朗的笑声，走路的姿势，逐一呈现在读者面前。还有他喜欢吃什么、吃饭的样子，喜欢抽什么烟、抽烟的样子，喜欢怎样写作、写作的样子，一个活生生的鲁迅坐在那里，微笑着，手里拿着烟，烟气缭绕，眼神深邃、慈祥，向我们点头。

揭开了鲜为人知的美丽心灵。鲁迅给人的外在形象是冷峻，很少有人知道他内心的火热。通过萧红的记述，鲁迅的美丽心灵是爱憎分明、乐善好施、宽厚慈祥。鲁迅的座右铭是“横眉冷对千夫指，俯首甘为孺子牛”，人们看到的多是鲁迅对敌人的横眉冷对，却较少知详他对朋友的俯首甘为。《回忆鲁迅先生》是萧红接受塔斯社重庆分社记者罗果夫采访之后，为纪念鲁迅逝世三周年而创作，之中描绘了鲁迅和瞿秋白的友情，字里行间流露出鲁迅对先进阶级的赞美，对知心友人的保护和关爱。乐善好施体现在对年轻人的关心和扶持上，鲁迅关心年轻人，尤其把希望寄托在年轻人身上，他在有限的生命中帮助和带动了很多年轻人。他对二萧倾注的更多，请他们俩吃饭，给他们介绍朋友，邀请到家做客，即便回家的车票也让许广平给买了。宽厚慈祥体现在对家人对亲人，这一点萧红颇为荣幸，在鲁迅那里找到了祖父的感觉，得到的亲人般的宠爱最多。同时，通过作品，我们也能和萧红一起感受鲁迅对妻子对孩子的爱。海婴上楼睡觉和爸爸喊“明朝会”，鲁迅喉里有痰说不大声，孩子不懂事，一遍一遍地喊，鲁迅爱孩子，直到喊出声，咳嗽起来。

再现了单调、刻板的工作情景。鲁迅的工作就是写作，写作的目标是为了人类警醒和发展。鲁迅一生都为之奋斗。为了写作，也是迫于当时站队、当时环境的恶劣，他的活动空间很窄，活动内容很少，除了必要请客，在家里接待朋友，到书店取信送信，其他就是仅有的看书写作，往往是许广平睡了，他才开始工作，许广平起来了，他还在那儿写作，直到大家都起来了，他才睡下。许广平回忆说，有时鲁迅思考问题累了在地板上就睡了，海婴起夜下楼看见父亲睡在地板上，他也睡在了地板上。鲁迅记忆超群，每次出去拿的东西回来该放哪儿还放哪儿，鲁迅写作有自己的习惯，怕风吹，时刻防备着稿纸被吹跑，宁可闷着大汗淋漓。写文章用的材料和来信都压在桌子上，把桌子压得满满的，只留一个写字的地方。

还原了一个懂生活而又真实有趣的长者形象。萧红新穿一件衣服问鲁迅好不好看，鲁迅看后说不好看，衣服和裙子的颜色搭配的不对。并接着告诉她什么人应该穿什么样衣服，什么季节应该穿什么样的衣服。萧红诧异，问鲁迅怎么懂那么多，鲁迅说看过美学书。由此我们可以看到鲁迅并不是书呆子，并不是只会写作。鲁迅还非常幽默，有一天下午鲁迅正在校对瞿秋白的《海上述林》，萧红走进卧室去，鲁迅先生从那圆转椅上转了过来，向着萧红，还微站起来一点。“好久不见，好久不见。”他一边说一边点头。萧红惊讶，不是刚见过，怎么忘了呢？后来鲁迅笑了，萧红也笑了。原来他是在开玩笑。鲁迅还给萧红讲了捉鬼的故事。这一切都说明，鲁迅懂生活，真实而不虚伪，生动而有情趣。

此外，《回忆鲁迅先生》还让我们深刻体会了许广平对鲁迅真挚的爱。在鲁迅和许广平的爱情中，主动的是许广平，鲁迅是被爱。许广平对鲁迅的爱是无私的，她把一切为了丈夫看成是生活的目标。鲁迅的饮食要精心挑选，鲁迅睡觉要看护好，鲁迅有病要照顾好，鲁迅的朋友要接待好。除此之外，还要照看海婴，买菜、织毛衣，省吃俭用打理家庭。许广平够辛苦的，有时还避免不了委屈，但她心甘情愿。海婴的形象是调皮、聪明、好动，而且喜欢萧红，愿意抓萧红的辫子，愿意和萧红一起玩。

萧红靠什么写的那样越轨

萧红写《回忆鲁迅先生》，一开始自己写，后来有病了，咳嗽得不能写。为了不耽误写作，复旦大学的学生为她做记录。她们有时坐在嘉陵江边的大树下，有时坐在茶馆里，有时在萧红的小房间里。无论换到哪个场景，萧红都沉浸在往事的回忆中。

萧红在写《回忆鲁迅先生》时是任性的，她想起什么写什么，而且都是琐碎的生活片段，一段段小故事、一段段小言论，都是她和鲁迅在一起时那熟稔的生活。端木蕻良问萧红写什么，拿起来看一点便鄙夷地笑了起来："这也值得写，这有什么好写的？……"萧红不听他的，而是我行我素，任情感流淌。不去做任何篇章结构的谋划，也不需要任何写作技巧介入和章节经营，通过朴素的文字叙述，呈现一种原生态的鲁迅当年生活景象。最终达到了经久不衰，魅力不减的效果。

萧红的《回忆鲁迅先生》凭什么达到这样效果？看似无技巧，实际上也有规律所循。

叙述的视角。采取的方式是口述，而且习惯的是以孩子视角出现，像一个孩子领你到鲁迅家，引导你了解鲁迅的生活和形象。

细节取胜。萧红文章细节的观察敏锐、独到，就像画速写，寥寥几笔，打动人心。这样的细节在《回忆鲁迅先生》中随处可见。

切换的镜头。像演电影一样不断切换镜头，呈现不同的生活场景和状态。

不直接表露情感。她的行文情深意浓、欢快流畅，没有渲染一句自己的深情想念，但想念之情又无处不在。

语言的魅力。萧红的行文语言是独特的，在这篇文章总的体现是简练、隽永、传神、押韵。

2015年3月19日

《马伯乐》是萧红在另类领域的探索和实践

《马伯乐》是萧红全部作品中评论最少，并且没有得到准确定位的长篇小说。很多评论者认为它是异端、另类。我认为，它是一部作者刻意把幽默讽刺手法拉大，着力刻画人物的作品，是萧红在另类领域的有益探索，而且随着时间的推移，这部作品在现代文学史中一定会回归应有地位，发挥重要作用。

仔细斟酌的名字

《马伯乐》这个题目不是信手拈来的，也不是突发奇想，而是反复斟酌敲定的。《马伯乐》是萧红早期短篇小说《逃难》何南生的延伸和扩展，马伯乐简直就是具体化了的何南生，马伯乐还保留了何南生的口头禅“到那时候该怎么办呢”“真他妈的中国人”“何南生”，顾名思义，乱世之中，难以生存；对于“马伯乐”，作者更是颇费了一番脑筋的，《马伯乐》原名叫《马先生》，萧

红不满意，征求端木蕻良意见，端木蕻良认真思索后建议改用法国汉学家亨利·巴斯伯乐的中文名字“马伯乐”。亨利·巴斯伯乐曾出版专著，认为汉语言中没有语法概念和词性，引起中国语言学家的抨击。借用他的名字命名自视甚高的主人公，也算是对迷恋西方文化而又一知半解半吊子小知识分子善意的嘲讽。而且套用了中国古代《伯乐相马》的寓言故事，主人公既是马又是伯乐，象征着他两不靠谱的尴尬处境。

为什么执意先写《马伯乐》

萧红一直计划写长篇小说，而且要写好几部，其中有以共产党员华岗生活经历为题材的革命小说，还要写红军长征的故事，但有的写了，有的一点也没写。最后都搁置了，既没有发表，也没有留下手稿。多数研究者认为，没有完成的原因有四点：一是环境因素，因为写革命者的生活，即使在统一抗战的时代气氛中，也是遭忌的；二是经济因素，先写好发表的；三是时间的问题，不断有新任务插进来，影响了原来的写作进度；四是心境的变化，环境的因素改变了心境，心境变了，灵感也变了。除此之外，萧红之所以放下其他而专注写《马伯乐》和《呼兰河传》，我认为最重要的有两点：一是目标问题，萧红传承鲁迅，执意要塑造国民性，这两部作品都符合这一立意。萧红不服气，她总认为不上前线一样写抗战作品，别人认为她写不好人物，她就要刻画人物，所以她要写《马伯乐》。二是写自己喜爱、熟悉的题材。《马伯乐》虽然是另类作品，但也是她亲身经历的、感悟的，而且是她钟情、虔诚要写的。

写作初衷和实际达到的效果

关于萧红写作《马伯乐》的初衷只能从现有研究史料说起，是否完全是萧红的本意不可而知。据后人考证史料说，《马伯乐》小说原计划写三部，循着萧红自己逃亡的路线，第一部从青岛到上海，第二部从上海到武汉，第三部从武汉到重庆，可以说是三部曲的“四城记”，隐含着萧红对现代文明大都市的观感。萧红还想给马伯乐一个满意的交代，让他像自己一样游遍全中国，最终没有如愿以偿，后人也无法猜测全书完成后马伯乐到底是一个什么样的形象。

读现存的《马伯乐》，尽管不是全部，但能得到一个整体概念和整体形象，而且比作者的最初立意要丰富，难能可贵的是历久弥新。

萧红关注民族命运的热情没有消退和减弱。一般的看法把萧红的创作分为两个阶段，第一个阶段站在前沿，呼喊抗战，第二个阶段退到幕后，远离时代，拘泥于自身的乡愁。实际上萧红始终关注民族命运，始终在了解抗战情况，在写自己抗战环境中的感受，在创作抗战题材的作品，在深度思考抗战中的众生相，哀其不幸、恨其不争，目的是激发这些人的崛起和奋进。杨义说：“《马伯乐》开始写于1940年，内容和格调上与前两年写的《逃难》一脉相承。仅此一端，也可以看到萧红没有消退了《黄河》《旷野的呼唤》时期关注民族命运的热情，只不过热情经过沉淀，经过淬火，变得冷峻，化为讽刺了。”美国学者葛浩文说：“……因为就书中显而易见对社会中某些应该受谴责的，具有劣根性的人们的讽刺，尤其是书中主角那种对抗日态度的讽刺来说，萧红这书至少可以说是符合所谓‘抗战文学’的最低标准，塑造了一个中国抗战时期经典的男子形象。”这个经典形象是文化难民形象。他是一个时代的旁观者、多余的人。整天都在想，从来不会做的人；整天怨天尤人，逃避现实和困难，沉迷于自己悲观哲学的人。杨义说：“小说集寄生虫、胆小鬼、钱迷和洋奴诸种品格于马伯乐之一身，在抗日战争的动荡时期展开他种种窘相和丑态。”

为中国现代文学提供了一桌讽刺艺术的大餐。中国是缺少幽默讽刺的，传统的儒家文化、面子文化限制人们开怀和开心，幽默和讽刺。尤其战争时期一劲向左，萧红坚持挖掘战时一拨人表现出的民族劣根性，引发人们的忧虑，实在难能可贵。

讽刺和人物描写

萧红去香港是刻意而为之，是为了写作，为了女性写作，为了自己设计的目标而写作。萧红知道自己的生命的余时所存不多，还有很多事情要做，但只能挑最为主要的事去做。由此，她选择去香港，她要静下心来完成两部作品，是为了却强人的承诺，是为了自己的执着，也是为了她心里没有想到的长久。

幽默讽刺不是她的手法特点，但她从鲁迅那儿学来了，并且努力践行。

那种形散而神不散的结构依然有印迹，第二部就写得舒缓一些，马伯乐面对枇杷树发呆，船老板的演讲和议论，船与时代命运的寓意，应然还有《呼兰河传》抒情和反讽的影子。

还有就是那经典名句，到啥时候也少不了，到啥时候也忘不了：“天空是没有月亮的，只有星星。车厢里是没有灯光的，只有吸烟人们的烟火。”“她看一看红红的灯伞，她觉得悲哀。她看一看紫色的小花，她觉得委屈。”

除此之外呢，那就是她用心改变的风格，她师学鲁迅但又不是完全的模仿，也不是完全的神似。似叶圣陶的《潘先生在难中》，但在主题上有了开拓。葛浩文说，和老舍并肩，但我觉得张天翼和老舍才能并列讽刺艺术的双璧，萧红只能是后来的追赶者，如果完成这部作品，她或许可栖身现代讽刺文学大家之列。鲁迅的讽刺风格是怨而多讽；老舍是以机智而轻松的笑去窥视和描写古都市民与社会的世态人情，形成了诙谐俗白的风格，张天翼明快活泼而又尖厉峭刻，萧红的讽刺风格是轻松而尖刻，辛辣而平静，同时又温和而宽容。用杨义的说法是，萧红的讽刺手法是唾天者自唾，拙而能巧。

萧红与别人相比有两个特别之处，第一，抓住人物可笑可鄙的癖性和细节加以放大，夹进充满反语的议论，使之如照哈哈镜而变形。第一章马伯乐逃难到上海，在黑暗的居室里安炉子做饭，满屋杂乱，行走时绕不过坛坛罐罐。这一细节重复至少七八次，活画出他懒惰成性，逃难如丧家犬的性格和窘态。第二，作者善于抓住人物的要害，进行针针见血的揭露，直至勾摄出人物灵魂。写马伯乐财迷心窍，有钱时，满脑子“省钱第一，逃难第二”的信条，和菜贩讨价还价，不顾少爷身份去占点小便宜；囊空如洗之后，又叫苦连天，以自杀相胁迫，骗太太携资来沪。他花钱又恨钱，怨钱又求钱，淋漓尽致表现出一个“财迷”的丑态，并借此揭露金钱的本质。

萧红讽刺幽默手法最多用的是对比：马伯乐自相矛盾的性格对比，马伯乐与马父的对比，马伯乐与夫人之间的对比，马伯乐对待洋人和中国人的对比，等等。其次，是夸张和荒诞。一家人跪在地上为马伯乐去上海开书店祈祷，就是采用了非常戏剧化夸张和荒诞的手法。

此外，嘲讽、俏皮话、嘲弄等手法，在《马伯乐》中也有不同程度的运用。

萧红不善于写人物，但她刻意去写，她总想向众人证明自己的才气和能力。马伯乐是她着墨最多的人物，努力想写好，但还是有点青涩，还没有做到游刃有余。她的主要手法是：

专注。不遗余力地写一个人；把一个人推向前台，其他都是附属；一个人、一条线索、一根筋，走到细节。捕捉细节，是萧红的长处。在《马伯乐》中这一点体现得淋漓尽致。马伯乐父亲雇司机，为了省钱，让家里打杂的兼司机，又病又慢，他也有点烦，但一到给钱时他觉得还是值的。有一次车夫回到家就累倒了，嘴吐白沫，马伯乐主张送医院，父亲立马回复“那是外国人的医院，得多少钱”。车夫躺在大门边，街上聚了很多人。老爷子出来为车夫祈祷，仆妇建议把人抬到院子里，马老爷子说：“我主耶稣不喜欢狭窄的地方。”通过这一细节，马老爷子伪善的嘴脸暴露无遗。即便这样的车夫，马伯乐想用也用不上，一到用时，车夫便说我是拉老爷的，可见马伯乐在家里的地位，佣人都不拿他当回事。

事件。靠事件去丰富人物性格。第一部写了马伯乐在家里的情况，马伯乐开书店，马伯乐逃到上海，马伯乐骗夫人带孩子来到上海；第二部写马伯乐带全家坐火车、坐船从上海逃到武汉，马伯乐发生婚外情等，正是通过这些事件完成了马伯乐人物性格的刻画。

心理描写。《马伯乐》中的心理描写是很多的，过松江桥一段就颇为典型。马伯乐是有准备的，但他提前睡着了，被太太叫醒后，仓促之中有点忙乱，而且大家一拥而上，也打乱了他的计划，之后的景象他比较惨，掉在了桥下，掉在了水坑里，在被找到前后的心理刻画非常真实，并在对比中看到了他无奈、悔恨、懦弱和精神胜利法的个性特点升华。升华人物个性特点。马伯乐有两句口头禅，“到那时候该怎么办!”“真他妈的中国人”，作者升华这两点，由此写出了马伯乐的两种精神：自保精神，“万事总要留个退路”是他信奉的人生哲学；批判精神，“真他妈的中国人”在小说中一共出现三十二次，除一处为表扬外，其他都是贬义的。这些贬义指向中国人不守规矩的恶习，表现了马伯乐的批判精神。

遗憾而不失为精彩的作品

多数后人认为萧红在生活上往往表现出犹豫和徘徊，以至于过早离开人世。萧红在创作上也留下了很多遗憾和无奈，但她的总体把控能力还是很强的，把自己着力要完成的作品留给了人间。《呼兰河传》和《马伯乐》是两部力作，奠定了萧红在现代文学史的地位。《呼兰河传》走向巅峰，形成萧红体，《马伯乐》让萧红栖身现代讽刺作家之林。二者是相通的，《马伯乐》中有结构松散、抒情和萧红式经典语言的影子，《呼兰河传》虽是回忆、抒情、乡愁，但之中幽默讽刺运用得也颇具匠心，而且常被研究者引用分析，成为津津乐道的经典案例。按美国学者葛浩文的说法，萧红能在战争环境中，在身负重病的状态下写出《马伯乐》这样的作品，的确让人“惊异”“惊讶不已”“出人意料”，由此也可以得出结论，萧红“不但是个有天才的人，而且也是个有多方才华的作家”。遗憾的是萧红没能完成这部作品，留下残缺，没有能让马伯乐游遍全中国，没有给马伯乐一个光明的前途，没有给马伯乐更加丰满的性格。仅就现存的作品来说，也有一些不足，谋篇有些仓促，第一部一气呵成，没有分章，讽刺色彩颇浓；第二部开始分章了，讽刺气氛偏弱，抒情氛围偏强，整体显得有点舒缓。因为事件简单，多用细节叙述，有絮叨、磨叽、啰嗦之感。还有就是故事情节过于简单，缺少矛盾冲突，线索交织和人物较少，缺少对比。这也正是萧红写作的特点，她在追求个性，她在努力践行自己的人物描写和长篇小说写法，如果再有时间她一定会写出萧红体的成熟讽刺作品。即便如此，《马伯乐》也不失为现代文学的精彩篇章。

2015年5月21日

《呼兰河传》——饱含萧红心灵感受和别具风格的小说

30年代左翼女作家萧红的一生是短暂的[①]。在短暂的生涯中，她饱尝了人生的忧患，同时，在短短十年的创作生涯中[②]，她又以勤奋的笔耕耘了上百万的文字。笔者认为，《生死场》是萧红小说的成名作，《呼兰河传》则是其代表作，《马伯乐》是她在新领域的尝试。“正当这位年轻有为的作家创作风格日趋成熟，涉足领域日趋宽广的时候，她却悄然逝去了，这不能不使我们感到痛心和惋惜！然而，这瞬间辉煌之后逝去的一道彩虹，却以她特有的题材和文笔在现代中国文学史上留下了鲜明永存的名字”[③]。这在崇尚创新的年代，理应是值得我们研究的课题，本文着重从《呼兰河传》入手对萧红小说的艺术风格作一些初步的探讨。

---

① 萧红生于1911年，1942年病逝，总共活了三十一岁。

② 萧红1932年在《国际协报》副刊上发表短诗《春曲》，到1942年逝世绝笔整十年时间。

③ 见陈素琰《萧红：早醒而忧郁的灵魂》，发表于1994年《文学评论》第4期。

呼兰河大桥（杨晶东摄）

执着的乡情——独特表现萧红离家出走、奔波国门内外，是和她个人谋求出路的动机及对进步理想的追求紧密联系在一起的。因此，她开始创作的时候，自然站在时代先进的位置上，接受时代风尚的感染，创作出了反映时代特点的小说。阅读这些作品，可以感受到她对中国社会和民众苦难的关切。若说萧红的作品是一幅30年代中国社会的长卷亦无不可。这里有外族的侵略、中国民众的自发抵抗、农民生活最底层的挣扎、呻吟，等等。但是，如果仅仅看到这一点，萧红和所有进步作家是处在同一水平线上的，这一切并没有显示出萧红特殊风格的魅力。

真正能代表萧红风格的作品，还是她从自己的经历和体验出发创作的作品。综观萧红的创作，除了偶尔神来之笔外，她“可算是个所谓内观和自传型的作家；她能生动地将周遭的景色人物呈现在读者前。因此，她最成功最感人的作品，大多是经由她个人主观和想象，将过去的事详尽、真实的再创造”[①]。《后花园》

① 见葛浩文《萧红评传》。

《家族以外的人》《手》《呼兰河传》都是极好的例证。之所以出现这种现象，是和萧红作为一名乡土作家对故乡的挚爱乡情分不开的。萧红和其他东北作家群中的作家一样，对被日军占领的故乡有着深切的悲哀和强烈的怀念，同时，她也和20年代中期出现的“乡土文学派”作家一样，为了探求人生的真谛，追求自己的理想，在蛰居生活中，每当提笔之时，常常忆起亲身经历的生活，想起关注和同情的人物。

萧红的乡情是广泛的，她不仅对北方田野和黑土地有着浓浓的情怀，而且对北方那特有的文化氛围进行巡礼，对她所钟情的痛苦而麻木地生着死着的乡亲进行刻画。

北中国那辽阔的乡野，那一片黑土地的醇厚与浓郁的特有气氛，使萧红有着一种特殊的感受。因此，在创作的时候，她总要把充满田园韵味抒情诗的情调，引入她那些刻画人民苦难的篇章，把那些最富地域特色的场景展现在读者面前。“在她的作品中，社会生活的场景及其细节的组织与充满原始意味的北方田园风光有着自然而亲切的契合。”[1]这种特点在《呼兰河传》中表现非常突出。小说开篇的时候，就拣那些有地域特色，自己最动心的，最想说的放开写，一件一件写。从北方的严寒、水缸冻裂、水井封冻写起，写小城、小城里的简单而有趣的布局，她认得出童年走过的每一条小道，那里有她熟悉的低矮的房屋，然后写那个著名的大坑，卖麻花的、卖凉粉的、卖瓦盆的、换破烂的，而后是卖豆腐的。在一件一件的逐层叙述中，表现了作者对北方村镇的特有深情，同时，也显示了作者善于描绘北方特有风光的才气。

① 见陈素琰《萧红：早醒而忧郁的灵魂》，发表于1994年《文学评论》第4期。

文化氛围是地域特色的组成部分，对此，萧红也一往情深。她在《呼兰河传》中巡礼式地阅遍呼兰河地区的各种风俗，诸如跳大神、唱秧歌、放河灯、野台子戏、四月十八娘娘庙大会等等，就连一些饮食风俗，如小葱蘸大酱、小葱拌豆腐等，她也不放过，而是用她那独标一格的叙述体式和行云流水、游刃有余的叙事笔法，极尽笔墨，大加渲染。从中表现了对乡土文化、乡土风俗的挚爱深情，同时，也印迹了她对各种文化及风俗习惯的反思内容。

环境造就人。在北中国高蓝的天空、油黑的土地、闭塞的乡镇和落后的文化氛围中，生长着苦难的人群。他们按照习以为常的惯例生存着，他们是愚昧的、麻木的，既有受封建思想毒害的人物，如小团圆媳妇的婆婆、有二伯等。他们是备受摧残，精神上有着各种痛苦负担的奴隶；也有单纯、善良的年青一代被压迫者，如小团圆媳妇和冯磨倌两口子，他们是生的坚强者代表者。在这些人物身上寄予了作者的深情，阅读作品时，我们领悟到了对封建统治和传统思想残害吞噬新老生命的愤恨，同时，也看到了在民族战争中对民族精神积疴的忧虑和对苦难同胞的深切关怀。

萧红曾经说过："一个题材必须要跟作者的情感熟悉起来，或者跟作者起着一种思恋的情绪[①]。"她正是按照这一主张，在《呼兰河传》中无论是描写山川风物、传统风俗，还是刻画人物，都从自己对家乡的记忆中取材，并融化自己的情感于其中。因而，她写出的景物是北方特有的，习俗是北方特有的，即便是人物，也是个性鲜明的，带有北方人民固有的那种坚韧和粗犷。

---

① 见《现代文化活动与〈七月〉》，《七月》第25期。

这使她描写的内容有别于其他同时代作家，从而形成了独特的表现领域。

人生的感喟——富有哲理的思考

从现存的材料看，《呼兰河传》应该是萧红短暂的写作史上耕耘时间最长的一部作品，它动笔于1937年，写就于1940年[①]。这期间，她经历了颠沛流离的大震荡，情感破裂的大苦痛。同时，她的这部作品又是回忆之作，在构思和写作中，进一步勾起了她对人生遭遇的感喟，因而，使这部作品的立意十分丰富和复杂，使其哲理思考上升到一定的高度，有着丰满独特的美学特征。

这种思考继承了《生死场》中关于生和死的思考，如：

"死人死了！活人计算着怎样活下去。"

《呼兰河传》中萧红又艺术地构建了另一个"生死场"。在这里，人们的生老病死，一如"自然"：

生、老、病、死，都没有什么表示。生了就任其自然地长去；长大就长大，长不大也就算了。

老，老了也没有什么关系，眼花了，就不看；耳聋了，就不听；牙掉了，就整吞；走不动了，就瘫着。这有什么办法，谁老谁活该。

病，人吃五谷杂粮，谁不生病呢？

死，这回可是悲哀的事情了，父亲死了儿子哭；儿子死了母亲哭；哥哥死了一家全哭；嫂子死了，她的娘

① 见《怀念萧红》一书中蒋锡金的《萧红和她的〈呼兰河传〉》。

家人来哭。

……

假若有人问他们，人生是为了什么？他们并不会茫然无所对答的，他们会直截了当地不假思索地说了出来：“人活着是为了吃饭穿衣。”

再问他，人死了呢？他们会说：“人死了就完了。”

这思考也发展了她关于女性命运的总体思考。应该说，萧红对于女性命运的总体思考是那个时代总的朦胧气氛中的一道亮光。她从许多小人物特别是女性的受压抑中，看到那里蕴藏着反抗。她是一位女权主义者，她为女性伸张正义：

古语说：“女子上不了战场”。

其实是不对，这井那么深，平白地你问一个男子，问他这井敢跳不敢跳，怕他也不敢的。而一个年轻的女子竟敢了，上战场不一定死，也许回来闹个一官半职的。可是跳井就很难不死，一跳多半跳死了。

这思考之中更多是关于人生悲凉的感叹和发问：

人生为了什么，才有这么凄凉的夜。

……人生何世，会有这样好的景况。

满天星光，满屋月亮，人生如何，为什么这样悲凉。

这种思考是由小见大的。对那个著名的“大泥坑”，萧红以觉悟女性特有的立场和态度，加以描绘，使那个肮肮、慵懒和拖泥带水的大泥坑成了呼兰河这个社会人生的聚集点，同时，演出了一幕幕的人生悲喜剧。她写老乡跌入泥坑，爬起来发牢骚和院内老太太的搭腔后，郑重地写了如下一段话：“说拆墙的有，说种树的有，若说用土把泥坑来填平的，一个人也没有。”对于火烧云，同样也寄寓了一种意象和韵致。从火烧云的明丽幻美，既映照着童心对美的向往，又反射出呼兰河纯朴的人们在风雷雨雪匆匆过往、苦多乐少的生活画面，构成了一首北国现实人生的抒情诗。这是停留在一点上的思考，还有在整个章节叙述之后的反思。如第二章里不是为活人而是为死人预备的盛事，画面蕴含深刻寓意，更能以小见大。看河灯看到最后，“那河灯流到了极远的下流的时候，使看河灯的人们内心里无由地来了空虚”，随之人寂而灯灭、月照空河，时空永恒无限与人们的孤寂对比，深邃隽永。同时，也传递了一种繁华过后的凄凉，传递了普泛的人生感受。这是立意在一个章节上的，如果通读全篇，我们会感到，《呼兰河传》自始至终都在思考，这之中有对民族生态、心态以及文化传统的思考，也有对生存惯性的思考，也就是说，它始终为一个闪光的思想——有意识地反抗着几千年传下来的习惯所贯穿。

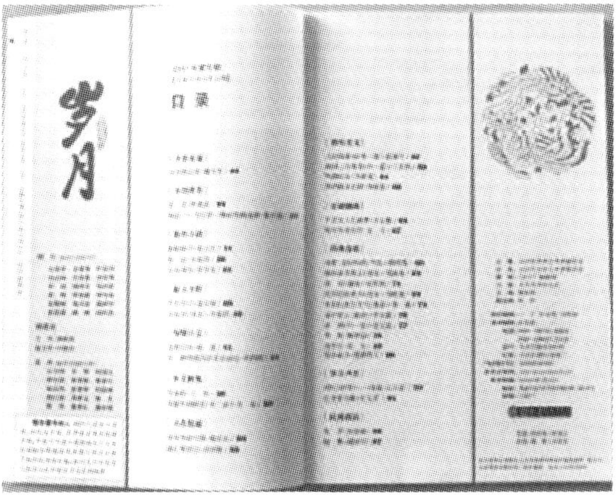

《〈呼兰河传〉——印记》发表在2011年第5期《岁月》

率真的追求——独具特色的文体

任何一部有价值的文学作品，都应该是内容和形式的有机结合体，在表现内容上有所创造，相应地表现形式上就要有所革新。应该说，《呼兰河传》就是这样一部作品，不仅在表现内容上选择了一个独特的领域，蕴含了特有的人生的感喟，而且在表现形式上也以“越轨的笔致”[1]创造了一种在成规和惯例之外的文体。

萧红曾经说过：“有一种小说学，小说有一定的写法，一定要具备几种东西，一定要写得像巴尔扎克和契诃夫作品那样。我不信这一套，有各式各样的作者，有各式各样的小说。”[2]她是这样说的，也是这样做的，从开始创作到最后绝笔，一生都在致力于这样的追求，她只知忠实于自己的内心而不问其他，那些印象深刻的正是她意欲表达的，她顾不了那许许多多的创作的清规戒律，最终，她找到了属于她自己的创作领域和表现手法。

从《生死场》到《呼兰河传》，萧红保持了其小说的艺术创作个性，即散文化、绘画化和诗化。不过，《呼兰河传》较之《生死场》不论是在语言运用上，还是在结构技巧上，都更趋成熟了。《呼兰河传》做到了松散和集中的有机结合。单从某一章节看是松散的，每章节都叙述了一个故事，或描写一种景色，都可以自成单元，但合起来又是一个整体。因为“全书皆发生在同一地点——呼兰河，在同一时代，由一个小孩叙述着所

① 见鲁迅《生死场》序。

② 见聂绀弩《〈萧红选集〉序》，《萧红选集》P2。

回忆的故事”[①]，即“为自己生于斯长于斯的呼兰河畔的乡镇作传的”[②]“小说的主角就是呼兰城本身”[③]。

萧红在《呼兰河传》中放弃了长篇故事的时间延续性，和代表因果关系及连贯动作的情节结构，在人物塑造上总是略去详明身世、复杂关系，而是从作者的内心观照表现生活。以作者的主观体验，主人公情绪感受来反射或折射社会现实的面貌，集中全力绘制了巨幅勾连的乡土人生画面。之所以能利用这样一种结构和方法构造新的文体，是与萧红的表现欲望和表达的需求分不开的。当她进行《呼兰河传》创作时，原始的动机和切入点使她坚实地站在个人生活积蓄及迸发的立场上，一任情感的迸喷而不为观点所羁束，从而使她的作品随意、散漫，甚至把小说写成几近于散文诗。

萧红是擅长抒情的。她十分看重自己情感和姿态的直接传达。“情绪，文之经”[④]。她靠“情”把情节贯穿起来，对呼兰那个小城、小城中花花草草、民风民俗的眷恋，对童年时代的家庭、家庭中每一个成员以及周围群众的爱憎，都表现了作者的深情。同时，她还让这情透出“味”来，即使是叙述某一事项，她总是不遮掩地在那些叙述中坦露她的主观性。如七月十五放河灯，就有这样一段文字：

> 可是当这河灯，从上流的远处流来，人们是满心欢喜的，等流过了自己，也还没有什么，唯独到了最后，

---

① 见陈素琰《萧红：早醒而忧郁的灵魂》，发表于1994年《文学评论》第4期。
② 杨义《中国现代小说史》。
③ 《江海学刊》1989第6期，P176。
④ 刘勰《文心雕龙·情采》。

那河灯流到了极远的下流去的时候，使看河灯的人们，内心里无由地来了空虚。

整段都在抒情，作者的主观思想跃然纸上。

萧红具有绘画才能。她把这种美术素养移植到创作中，绘制了一幅幅彩图。这彩图的色彩是斑斓的，从第一章到第七章，呈现了不同的色调。这彩图的角度又是变换的，仰视：

太阳在园子里是特大的，天空特别高的，太阳的光芒四射，亮得使人睁不开眼睛，亮得蚯蚓不敢站出地面来……

这是天真烂漫的心境。俯看：有二伯被打后“孤伶伶地躺在院心，他的没有边的草帽被打掉了，所以看得见有二伯的头部上一半是白的，下一半是黑的……躺了许多时候，才有两个鸭子来啄食在有二伯身边的那些血”。这又是苦难的人生场景。

萧红“不以诗名，别具诗心”[①]，因此《呼兰河传》的语言是诗化了语言，结构也富有诗的色彩，如第四章描绘了“我家的院子”，一连四节第一段只有一句话：“我家是荒凉的。”“我家的院子是很荒凉的。”“我家的院子是很荒凉的。”“我家是荒凉的。”一次一次的反复吟唱，其感情渲染层层铺垫，逐层加深，第五节又照应第二节，至此，读者禁不住深深地怅然起来，长叹一声。回环往复的节奏，使作品有了一种缠绵悱恻、哀怨凄丽的意韵，令人荡气回肠。更令人可敬的是，她在小说

① 《萧红研究》第二辑熏风的《不以诗名，别具诗心——谈谈作为诗人的萧红》。

中创造了一种诗的意境和意象，前文提到的大泥坑、火烧云就是这样的例证。

萧红具有敏锐的观察力，这是她刚一登上文坛就被鲁迅发现了的。她正是靠这敏锐的观察力，截取典型的生活场面、细小行为举止，去抒情、叙事和刻画，从而产生了感人的力量。如对有二伯的描写，抓住叫名字这件小事，他最讨厌人称他为“有子”，可“我”的祖父叫他“有子”，他却不生气，因为在他看来，“向皇上说话，还称自己是奴才呢？总也得有个大小”。宰相虽大，见了皇上也得跪下，那是由于他在“万人之上，一人之下”。仅此，便把有二伯这个阿Q式的人物写活了。

矛盾的心境——编织了不同的叙述色彩

萧红在写《呼兰河传》时的心境是矛盾的。她回想起童年的所历和所见，特别是那些她热爱的人物，向往自然环境、令人咀嚼和回味的风俗的时候，她便能以一个少不更事，天真烂漫又善于思考而不得真解的小女孩形象进入角色，进行痴迷的抒情。但当她鞭笞人们的愚昧和落后，控诉封建势力的罪恶时，她又以一个全知全能而又不甘寂寞的成人叙述者角度，运用讽刺和幽

作者2015年在呼兰河畔留念（杨晶东摄）

默的笔调，于叙述之中，每每聊发议论，稍作点评，讽喻之情，溢于言表。萧红在创作《呼兰河传》时的心情也是复杂的，她尝尽了劳燕分飞的痛苦、异域的困惑、战火中的流落、沉疴的缠绕、别离故乡的苦恋，诸多坎坷的人生际遇，使她既向往祖父曾经给予的温暖和爱，向往大自然给予的温馨和快乐，又感叹人生的苦痛，因而在生与死、绝望和信心之间进行了深入思考和发问。正是这种矛盾而复杂的心境，使她在作品中以两位叙述者的角色出现，“一位冷眼旁观，婉而多讽；一位身历其境，天真痴迷”[①]，具体在叙述中便呈现出时而痴迷的抒情，时而冷峻的反讽。

萧红一生创作了两种风格的小说，一种是抒情式的和诗化倾向的小说，这是她的主要创作风格，也是被研究者重视和称赞的。一种是幽默讽刺小说，这类小说由于《逃难》和《马伯乐》而存在，得到了人们的认可，却没有得到应有的重视和评价。她的这两种风格在《呼兰河传》中都有所体现，从某种程度上可以说，《呼兰河传》是连接这两种风格的桥梁和纽带，也就是说“抒情的天性和反讽的智慧，构成萧红文字天赋和文学成就的两翼”[②]。只有这样认识萧红及其创作，才能充分认识到《呼兰河传》的深刻内容，也才能辨别萧红特有的“声音”。

总之，从对《呼兰河传》的剖析中我们可以得出这样的结论，“萧红的作品所以能传世不朽，是在于她与众不同的题材和文笔”[③]。

此篇为2001年参加萧红学术研讨会提交的论文，获纪念萧红诞辰九十周年学术研讨会，新世纪萧红研究优秀成果，2009年2月17日收录于博客，2011年5月发表于《岁月》。

---

①② 孙民乐《〈呼兰河传〉的文类与叙述》。

③ 见陈素琰《萧红：早醒而忧郁的灵魂》，发表于1994年《文学评论》第4期。

《梧桐》是近年新发现的萧红作品

最近，黑龙江省社科院文学所副所长、研究员郭淑梅同志在香港大学冯平山图书馆缩微室发现了萧红佚文《梧桐》。这是萧红研究史上的一件大事，对萧红生平创作的发展轨迹及风格变化研究具有重要意义。

《梧桐》是萧红在重庆期间创作的短篇小说，1939年7月24日完稿，1939年8月18日发表于香港《星岛日报》星座副刊第375号头题。这篇小说是萧红流亡途中创作的一篇小说。小说情节非常简单，主要人物张家老太太，次要人物老太太的儿子，张家老太太是从关外逃到重庆乡下来的。小说通过张家老太太缝小袄、抽烟、居住环境、失眠、盼望抗战胜利等情节描写，反映了主人公懊丧、烦躁、寂寞、思乡的心态。这篇小说的主题和风格与萧红后期小说创作内容是一致的。小说写得很短，但内涵和

萧红活在缩微时代

梧桐

寓意却很深刻。就其所表达的内容来讲，主要有三个方面：

一、窘迫的生活状态。主人公张老太太过着漂泊、穷困的生活。一是穿的破旧。小说一开始就交代张老太太在缝一件小袄。这件小袄“是清朝做的，团花匝缎面，古铜雨绸里，现在是旧了，破了，经几次的洗染，那团花都起毛了”。二是抽的烟不顺口。张老太太骂起来：“这是什么年头，这烟我没抽过，我活了这么大岁数，还跑到四川这地方……王八的。”三是住的“四面露天”。还是张老太太的话，“这叫什么房子呢，没有见过，四面露天，冬天我看……这还没过八月节呢，我这寒腿就有点疼了，看冬天可怎么过，不饿死，也要冻死。”尽管没有提到吃的，但也不会好到哪儿去。总体上讲生活得非常困顿。

二、孤独的寂寞。这篇小说虽然写的是张家老太太，但仍去不掉作者的影子。前三分之二的篇幅主要写张家老太太缝针缝不下去，抽烟抽不顺口，就事发牢骚，夜里想过去的事情睡不着，听着梧桐树露水滴落声，听着干枯的树叶磕碰声。那种无依无靠、漂泊寂寞的感觉自然流淌、栩栩如生。小说结尾处出现了老太太的儿子、小孙儿两个人物，儿子只说了一句话，告诉张家老太太听到的打胜仗的消息不是真的，打消了老太太高兴的情绪，紧接着张家老太太摸一摸小孙儿头顶，头发湿了，证明又下雨了。这两个人物的出现是情节的需要，丝毫没有改变老太太寂寞的心态。

三、剪不断的乡愁。作者的思绪寄托在小说主人公张家老太太身上。萧红是一位叛逆的女性，做出了离家出走的抉择。这一抉择是果断的。但随后在自身发展走向、在对男人的选择等问题上却太幼稚、任性，没有做出明智的选择，致使越漂泊越远，从最北边走向了最南边。她的乡愁随之也越来越浓，挥之不去。这种思乡情结主要来自三个方面：一是无依无靠、缺少关心，穷困寂寞的环境引发的思乡之情；二是地域距离引发的思乡之情。小说中交代“张家老太太是从关外逃来的，逃到上海，逃到汉口，现在是逃到重庆的乡下来了”，伴随着这种颠沛流离，离家乡越远乡愁越浓：“她的思乡情绪，因为异地的风雨，时时波动着她”。三是家乡被日本侵略军占领，她时时刻刻在祈祷家乡解放，到了如痴如迷的地步，终于有一天她喊出了“打胜仗了，就要打胜仗了”。尽管是谎信、是幻觉，又下雨了，但离雨过天晴已经不远了。

这篇小说在艺术手法上代表了萧红主体创作风格，也有其晚期小说创作的“超拔脱俗”，“登上了‘冗繁尽削’的艺术高峰”。主要体现在以下几点：

借景抒情、融情于景。萧红善于用写诗的手法写小说，有时散文和小说很难区分。其中一个主要特点就是借景抒情，融情于景。这篇小说也同样如此。小说中对两棵梧桐树的描写就达到了这一效果。通过对树叶露水滑落，简直和落雨一样，乃至干枯的树叶落了，在风的吹拂下，叶子彼此磕碰的声音，简直和下雨一样等细节描写，很好地做到了借景抒情，把那种寂寞、厌烦、思乡的情绪巧妙地融入了写景之中。

自传体的写法。美国葛浩文先生在《萧红评传》中说：“萧红在本质上是个自传体和善于描写她私人经验的作家。”萧红小说创作写得最突出的人物就是以其自身为形象的人物。小说中的张家老太太与萧红同姓，经历基本一致，所抒发的情感和作者本人的情感一脉相承。

观察敏感、细腻，细节刻画突出。萧红是一位超女性化的作

大庆文学

大庆油田报

梧桐叶落飘乡愁

——写在黑龙江省萧红文学院建院之际

家，那种女性特有的敏感，那种居于情感的特点，在她身上表现得非常突出。一是多以女性为主角，并以哀怜女性为主角；二是善于情感的抒发；三是观察细腻。这一点在《梧桐》这篇小说中表现得也非常突出。比如对张家老太太缝小袄、抽烟等细节的刻画，达到了惟妙惟肖的效果。

乡土特色。虽然没有人说萧红是一位乡土作家，但她的文章却具有浓郁的乡土特色。《梧桐》写于战乱的重庆，但小说的人物张家老太太却是典型的东北老太太形象。她抽烟的一举一动，凡是了解东北农村生活的人，都会感到刻画得非常形象。她的语言泼辣、行动大胆、快捷、无所顾忌，都充分展现了东北农村妇女的神韵。这一点在对重庆地域特点的描绘也有所体现，萧红客居在重庆，时间不是很长，但观察得比较细，小说中寥寥几笔，就把重庆那种阴雨连绵的天气勾画出来了。

文字“干净、简约”。这篇小说写得很短，“大有沧桑过后的冗繁尽削”的感觉。注重文字锤炼是萧红小说的一个特点，尤其是她后期小说的创作，这篇小说也体现了这一风格。如“就又缝了几针，她越缝越生气，眼睛也花了，屋子又黑，手也哆嗦，若是线从针孔脱掉，她花费了三五分钟也穿不起”。语言不是很多，但很精练，主人公张家老太太烦躁的心情、老眼昏花的状态，乃至生活的困境跃然纸上。

写于2009年4月29日

2009年6月16日发表于《大庆油田报》

萧红创作总论

萧红散文创作简论

一

萧红对散文的创作并非偶一顾及，而是贯穿了整个创作生涯。我们大体可把她的散文创作划分为三个阶段：1933年踏上文坛至1934年6月被迫逃离哈尔滨为第一阶段，这阶段主要写了《蹲在洋车上》《广告副手》等作品，这时期萧红的散文创作还带有初期创作的缺陷和不足，我们不妨称之为“初涉文坛阶段”；1934年年底流亡到上海至“七七”抗战为第二阶段，这阶段作品收在《商市街》《牛车上》《桥》等散文集中，这时期萧红散文创作走向成熟，因此这阶段也可谓“散文创作成熟阶段”；“七七”抗战后为第三阶段，这一时期萧红从不知如何应付时局，到为抗战而呐喊，主要散文作品有《给流亡异地的东北同胞书》《九一八致弟弟书》《天空点缀》等，所以我们也称为“为抗战而呐喊阶段”。

二

从思想内容上看，萧红的散文带有她独特的生活经历及思想情感的印迹。可以说，萧红坎坷的经历是她散文创作的土壤和源泉，她的思想情感则构成了其散文独特的格调和风采。萧红的一生是坎坷的，而且在她短暂的三十一年的人生旅途中，寂寞又时时伴随着她。正是这寂寞和坎坷，激发了她对理想的强烈憧憬和追求，她才更感受到人间温暖和友爱的可贵，她才能用她那敏锐而细腻的笔触，描绘“多彩的风土画”[①]，唱出了一串串凄婉的歌。

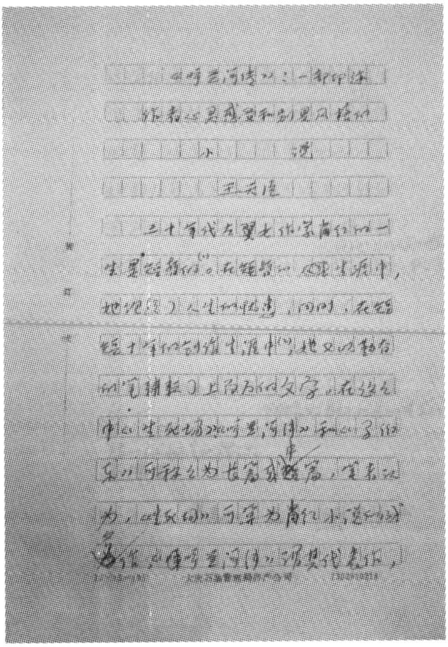
作者手稿

在孤寂的童年，家中的后花园和那两个藏东西的“小黑屋”，是她驱逐寂寞和探知奥秘的乐园，而善良憨直又无所事事的祖父则成了给予她温暖和爱的保护神。这孤寂的童年乐园及保护神，永远使其蒙恩者难忘。随着岁月的推移和坎坷的加剧，他们尤其显得可贵和崇高，于是，那蒙恩者便蘸着心血，和着深情，谱出了《永久的憧憬和追求》《家族以外的人》《后花园》等

① 见茅盾为萧红《呼兰河传》作序中。

文坛的佳作。萧红借此抒发对往昔美好人事的追念，读者则从中了解了这位不平凡的女性的童年及其所处的社会和环境。历史因文学留下了容颜的一斑，作家则以作品表露了情感和心声。从创作因果论上来看，萧红这一时期对后花园的追恋，对“小黑屋”的探求，培养了她对美好事物的憧憬和追求的情致。正是这一点确定了她散文创作的主基调，同时也训练了她善于观察、捕捉的艺术本领，因此，成了她后来散文创作中精于细节描写的根源。

萧红对家乡呼兰河一往情深，但其一生又颠沛流离，离家乡越来越远，越来越久，这心绪与现实的巨大反差，酿成了她深深的乡愁，浓浓的思恋。这也正构成了她散文创作的又一主要内容。离开了故土，人人都会有乡愁，这乡愁是因人而异的。从《给流亡异地的东北同胞书》及《九一八致弟弟书》两篇散文中，读者会深深地感到萧红的乡愁绝不狭隘，她绝不仅仅怀恋呼兰河畔的那个家，而是怀恋整个呼兰河，整个东北好山河；她绝不仅仅思念着祖父和弟弟，而是挂念着所有东北的父老乡亲，所有的遭受侵略者蹂躏的同胞们。因此，萧红的乡愁显得格外深沉，恰似一江春水向东流。也正因为如此，才使得萧红的散文具有浓重的抒情性。

萧红的主体思想是人道主义。看过了《破落之街》《当铺》《过夜》等散文作品，你会觉得，萧红的人道主义也不浅薄。童年的遭遇和后来的坎坷与乡愁，使她深切同情劳动人民的苦难，更觉察到了他们身上的弱点，于是挖掘和表现农民身上的愚昧、麻木也成了她散文创作中的内容。她注重以画灵魂的手法描绘“灰色的小人物”[①]的命运，她又继承了大师鲁迅的手法，从而使自己画灵魂的笔法日趋成熟。萧红之所以采取对他们刻画灵魂的

① 见司马长风《中国新文学史》下卷。

手法，就是因为她要以此刺激家乡人民的觉醒，为摆脱苦难而斗争。这是她在人生理想上的憧憬和追求之一，也是她散文创作对人物描写的艺术追求。

在萧红汲取知识的生涯中，祖父张维祯是她的第一个启蒙教师，他时常教萧红读唐诗。萧红最喜欢田园诗和山水诗，在读唐诗的时候，经常出入于后花园。田园诗与山水诗恬静幽美的意境，与那充满生机的后花园景致相契合，给萧红童年孤寂的心田洒下了幸福的阳光，带来了神奇的遐想，陶冶了她的情操，也启发了她对美好事物的憧憬和追求，由此生长出了文学创作的萌芽。所以肖凤在《萧红传》里说："童年的不幸，家庭的冷酷，迫使她到家屋的后花园里寻求安慰。夏日她和祖父整日陶醉在那神话般的世界里，祖父又引导她读唐诗，眼前的自然景物，诗中的生活画面，在她幼小心灵上播下了第一颗爱自然、爱美的种子。"这也正是她后来在散文创作上追求诗情画意，擅长景物和环境描写的渊源。

萧红爱好绘画，她的绘画作品虽不很成熟，但却具有鲜明的个性。她的《劳动者的恩物》《深山藏古寺》以及《生死场》的初版封面，都能很好地说明这一问题。从萧红的绘画作品中，我们可以看到萧红散文作品与绘画作品的相通之处，那就是讲求写意，注重地方特色。同时，萧红对绘画的爱好"也影响了她文字风格的清丽和洗练"[①]，助长了她散文作品写景的能力，使她的散文充塞了浓烈的牧歌风味。

总之，萧红独特的个人遭遇、思想情感、个性爱好无不渗透在其散文创作里，由此，才形成了她散文创作的独特题材和情

---

① 见姜德明的《鲁迅与萧红》。

感，也形成了她散文特有的艺术特色与风格。

三

纵观萧红三个阶段的散文创作，尽管在第一阶段她已做到了紧紧抓住现实生活中的细小情节，进行充分而有节制的挥洒描写，文笔朴实无华，自然流畅，内容深邃，情趣盎然；尽管第三阶段她侧重抒情，但无论从其创作的艺术成熟角度，还是从其创作的数量上看，我们都可以说，第二阶段的创作最能代表萧红散文创作的成就，也最能代表她散文创作的独特个性和风格。

第一，注重细节描写。萧红散文的细节描写以“观察—捕捉—描绘”三个环节的和谐统一，而形成了自己的个性。萧红有着“越轨”的观察力，她能把生活中的细小情节，生活中人们司空见惯而又视而不见的问题，捕捉到自己的作品之中，以其简洁的笔法，加以形象化描写，形成感人的力量。萧红还能把自己的生活经历，在回顾性的倾诉中，以形象化的心理感受加以表达。萧红在细节描写上追求写意性，并非精雕细刻，正如中国古代的写意画一样，她注重的是传神，而不是淋漓尽致的描绘，《商市街》和《牛车上》集子中的一些作品，如《家族以外的人》等就突出地体现了萧红细节描写的能力。

第二，善于运用对话。作为文学语言，它要求语言形象化和含蓄凝练；作为文学语言中的人物语言，它又要求语言的个性化。萧红在其散文中巧妙地运用了许多凝练而又富有个性的对话，通过对话的运用，缩短了作者和读者之间的距离，达到了以对话传情，以对话塑造人物性格的艺术效果。如《商市街》中有一篇名为《雪天》的散文，其中有这样的对话：

当他问我时，他和呆人一般直直的腰也不弯：

“饿了吧？”

我几乎是哭了，我说：“不饿。”为了低头，我的脸几乎接触到他冰凉的脚掌。他的衣服完全湿透，所以我到马路旁去买馒头。就在光身的木桌上，刷牙缸冒着气，刷牙缸伴着我们把馒头吃完。馒头既然吃完，桌上的铜板也要被吃掉似的，他问我：

“够不够？”

我说：“够了。”我问他：“够不够？”

他也说：“够了。”

萧军先问萧红“够不够”，萧军是一位体格健壮的男子汉，在商市街的一段生活里，他们经常饱受饥饿之苦，有时一天只吃一顿饭，因此光靠两个馒头，他是吃不饱的，这里是明知故问，而萧红通过对话前“馒头既然吃完，桌上的铜板也要被吃掉似的”心理描写，已使读者知晓了她的心理，不用说，读者也知道她没吃饱。但这里萧红却故意反问萧军“够不够”，这就更加形象地点明了他们二人在苦难中相濡以沫的感情。通过上述分析，我们还可以看到，萧红散文中的人物语言有着含蓄凝练的特点。这里作者通过“饿了吧？”“不饿。”“够不够？”“够了。”的对话，深刻地反映了二萧特定的“商市街”生活，反映了二萧的爱情，同时，也使读者了解了30年代特定环境中知识分子的处境。因此，这一对话的运用，使我们从更高的层次洞察了他们的身份、生活、潜意识，从而缩短了作者和读者之间的距离。

第三，采用意识流和幻想的手法。萧红的散文不仅创造了许多对话，而且还采用了意识流和幻想的手法，这就显现了萧红散文的小说化趋向。萧红散文的代表作《商市街》是以第一人称写成的，在这部散文集里，有很多篇幅是描写饥饿、孤独、受人歧视等特有感受的。这些特有心理感受的描写往往都是作者潜意识的流动，而且还夹带着幻想，很似当代的一些意识流小说创作。

> 窗子在墙壁中央，天窗似的，我从窗口升了出去，赤裸裸，完全和日光接近，市街临在我的脚下，直线的，错综着许多角度的楼房，大柱子一般工厂的烟筒，街道横顺交织着。秃光的街树。白云在天空作出各样的曲线。高空的风吹破我的头发，飘荡我的衣襟。市街像一张繁繁杂杂颜色不清晰的地图挂在我的眼前。楼顶和树梢都挂住一层稀薄的白霜，整个城市在阳光下闪闪灼灼撒了一层银片，我的衣襟风拍着作响，我冷了，我孤孤独独的好像站在无人的山顶。每家楼顶的白霜，一刻不是银片了，而是些雪花、冰花或是什么更寒冷的东西在吸我，全身浴在冰水里一般。

在《饿》中，萧红先写了由于饿而早早地醒来，醒来之后饿的感受。写了列巴圈，挂在过道别人门上，以及“有的牛奶瓶也规规矩矩地等在别人的房门外”，然后又描述由过分的饿而引起想偷别人列巴圈的情景，但是最终没偷成，因待要下决心偷时，那些列巴圈都让别人吃了。除了萧军之外，当时世界上再没有人想着萧红的饥饿，他们都只顾自己，他们都如白霜、雪花、冰花等给人带来寒冷的东西，使人产生像浴在冰水里一般的感受。这段文字正是在萧军去做家庭教师之后，萧红从窗口探身出去后的一种感受，是萧红当时心理情况的反映。

第四，以写意法刻画人物。萧红散文中的人物是以写意的手法，通过极富有典型性的细节描绘而塑造的。她的《回忆鲁迅先生》历来被认为是写回忆鲁迅文章中的最好作品。在这篇文章里，萧红“把读者引进了鲁迅家敞开的大门，让读者看着那不常见到的鲁迅家居生活，她给读者描绘了鲁迅先生的饮食爱好，衣着怪僻，工作的劳累和临终的病容”[①]。塑造了活生生的鲁迅形象，同时也描绘了鲁迅夫人许广平等形象。这些形象尽管着墨不多，但都特点鲜明，给读者以感人的印象。

第五，萧红散文结构和布局谋篇的独创性。“如果说萧红的小说创作打破了传统的小说格式，尤其是她的中、长篇小说，大多没有连续完整的故事情节和统率全篇的人物，章章都可以独立成篇，既没有什么悬念、转折、突变，也不考究什么开端、发展、高潮、结局，而是采用散文式的艺术结构和表现方式，把自己对生活的体验和认识，用一种最简单的抒情格调表达出来，使小说充满浓厚的主观感情色彩，富有抒情散文的艺术特征，那么，萧红的散文又往往是连续有致，情节波澜起伏，摇曳多姿，带有小说艺术结构的特点。”[②]关于这一点，在萧红三个阶段的散文创作中均有体现。作于第一阶段的《广告副手》是一篇具有她散文结构特点的代表作品，散文采用了“第三人称”的写法，带有较强故事性。其中故事发展就像“电影一样，布景换来换去”[③]，较好地达到了萧红散文情节波澜起伏的艺术效果。作者首先描绘了女主人公芹在电影院广告室画广告的场面，随之，又勾勒了男主人公蓓力到报馆送稿回家后的内在潜意识流动和外在

① 见肖凤《萧红散文选集》序。

② 见王超英的《飘风逸响，流水悄吟——谈萧红的散文创作》。

③ 见葛浩文的《萧红评传》。

行为表现场景。随着场景的不断变换，作者先是让读者眼观男主人公在困苦中斗争的情景，而后又展现男女主人公复杂的思想感情矛盾，把二者有机地交融在一起，时而起伏，时而平静，致使读者在饶有兴趣的品读中，深感人与人之间关系的复杂，体会到了爱情的易碎性。

从第一阶段的《广告副手》到第二阶段的《红的果园》《家族以外的人》，以及第三阶段的《后花园》等作品发展，可以说，其散文“带有小说艺术结构的特点”越来越明显，越来越圆熟，这也正反映了萧红散文结构和布局的独创性。

萧红的散文创作除上述特点外，我们还必须谈到她的散文的语言风格，从某种角度说，萧红散文创作风格的形成，是与其语言风格的形成密切相关的。萧红的文学语言在总体上说是很富有诗意的。余时在《萧红的诗》中说，她“是一位富有诗人气质的小说和散文家”。萧红的行文是简洁、自然和有力的，正如葛浩文先生在《萧红评传》一书中评价的一样，“从她书中背景主题和角色而论，她无论在对话或叙述的章节中，已是非常技巧地避免用华而不实、枯萎无力或过分纠缠不清的语句。即使当她书中人物因感情不逼真或个性没能充分发挥而缺乏深度时，那些人物仍能表现得诚挚、自然而扣人心弦，就因为这一点常使人物栩栩如生。”

萧红散文集《桥》中的《初冬》是一篇带有浓厚自传色彩的散文。这篇散文回忆“我”在哈尔滨过着流浪生活时，有一次与自己弟弟街头邂逅的情景。文章用一种平静的轻声细语，倾诉自己内心的创痛。鲁迅曾以娜拉为例，说娜拉在家庭的“笼子里固然不自由，而一出笼门，外面便又有鹰、有猫，以及别的东西之类。”[①]萧

① 见鲁迅的《坟·娜拉出走后怎样》。

红实在就是中国20世纪的娜拉，她在哈尔滨流浪生活的不幸遭遇，桩桩件件，都令人闻之心酸，惨不忍睹。没有捶胸顿足的呼号，也没有洒下悲恸欲绝的泪水，而是以简洁语言，通过“我”的内心情绪与外界环境的对照，“我”与弟弟不同处境、不同性格、不同心绪的对照，在平缓的语言中表达“说不出的痛苦之情”[①]，从而产生了“凄楚动人、催人泪下、仿佛看到这姑娘受伤的心，至今仍在滴着血”[②]的感人力量。文中，萧红以轻缓、简洁、质朴的语言淡淡地诉说往事，但却把抒情主人公那痛苦欲绝之情淋漓地表达出来了，进而使我们在凄楚心情中认识了主人公所处的环境，了解了主人公独特的性格。

萧红的散文大都带有传记性，但又并非纯传记作品，因为她这些作品并不是有意想写自传，而是有所选择，她以形象化的笔

---

① 见《说不出来的痛苦最痛苦——〈初冬〉简析》。

② 见萧红的长诗《沙粒》。

法描写自己的经历，又以自己的亲身经历为素材创作散文作品，因此，她的散文才更显得生动，更易形成自己的个性。此点较为明显，又已被人论及，故不重述。

萧红曾主张“有各式各样的作者，有各式各样的小说”。在她短短的十年文学创作生活中，她“放弃一切束缚文学的教条，找到自己，舒心惬意的写作”[①]，寻找充满自己记忆，“忘却不了，难以忘却”的东西[②]，从而写出了自己的心声，抒发了自己的情感，形成了自己散文创作的个性。

此文是1993年参加萧红诞辰八十二周年学术研讨会提交作品，获国际萧红学术研讨会优秀论文一等奖，收录于1993年9月出版《萧红研究》第三辑，发表在1994年03期《呼兰师专学报》上。

对萧红小说主体创作风格的再认识

萧红的小说大体上可以分为三类，一是乡土小说，如《生死场》《呼兰河传》《小城三月》等；二是纪实小说，如《黄河》《朦胧的期待》等；三是幽默讽刺小说，如《逃难》《马伯乐》。在这三类小说中，乡土小说是往往带有很强的自传性，是萧红写得最多的，也是写得最好的，是典型的“萧红体”[③]，代表了萧红小说创作的主体风格，本文主要就这类小说的创作风格作以剖析。

① 见司马长风的《中国新文学史》下卷。
② 见萧红《呼兰河传》。
③ 美国葛浩文《萧红评传》，中文版，第115页。

关于典型境遇和典型状态

关于萧红乡土小说的典型化描写问题，以往评论界主要有两种评价，绝大多数评论家认为，萧红小说中的典型人物塑造、典型性格刻画、乃至故事情节均不够突出，但也有个别评论家认为，“要点不在《呼兰河传》不像是一部严格意义的小说，而在它于这‘不像’之外，还有些别的东西——一些‘比像’一部小说更为诱人的东西：它是一篇叙事诗，一幅多彩的风土画，一串凄婉的歌谣”[①]。最近，笔者读了著名评论家雷达发表在1991年第5期《作家》上的一篇《关于小说创作的若干思考》的文章，对后一种评价有了更深一层的认识。雷达先生认为：“典型人物、典型性格在小说中至关重要的地位至今也是不可能推倒的，但是，随着哲学、心理学、文化学对文学的渗透，随着现代主义内向化的影响，也随着各种文体杂交的成功，人们认识到，典型的内涵和形态是相当宽泛的，不必刻板守一。比如，心理小说中的典型可能是典型心理，诗化小说的典型可能是典型意象，散文化小说的典型可能是典型情绪等。事实上，这类越出规范的形象有些也是早已有之……”笔者认为，雷达先生所说的“早已有之”中就应该包括萧红。萧红的乡土小说结构呈现出一种“散”的状态，她的多数作品，各章节之间，常常没有过渡性的铺垫，乍看残缺不全，甚至仿佛在藐视小说法规，有意打破文体间的藩篱，使小说具有散文性；但仔细研究，她的绝大多数乡土小说又都酝酿了一种氛围，绘制了一种典型境遇和典型状态。如她的两部代表作《生死场》和《呼兰河传》，整体结构都呈现一

① 茅盾《呼兰河传》序。

种散文化趋向，“没有贯穿全书的线索，故事和人物都是零零碎碎，都是片断的，不是整个的有机体”。“全篇表现的是一些散漫的素描，感不到向着中心的发展……在人物的描写里面，综合想象的加工非常不够。个别地看来，她底人物都是活的，但每个人物底性格都不凸出，不大普遍，不能够明确地跳跃在读者的前面……”[①]但如果把这两部小说的各章节合起来，又都描绘了一种典型境遇和形态。《生死场》一共十七节，前九节作者以哈尔滨近郊农村为背景，描写了“九一八”事件前后当地农家生活，描述了一批农民和他们视为瑰宝的土地以及牲口的故事；中间第十节是一个过渡；后六节作者用了二分之一的篇幅写了日本鬼子入侵及农民的觉醒和反抗。借故事的叙述，小说中的几个人物都在前十四节中陆续出场了。但是小说描绘的并不是某一个人或某一家的事迹，小说中没有贯穿全书的线索，也没有一个主要人物，尽管作者对老王婆、赵三、金枝和二里半着墨较多，这四个人物的性格刻画却不够突出，人物形象也不够鲜明，但是作者用她那高明的写生画家一样的笔触，通过对北方农村自然风光、农民对于牲畜的感情、二里半那只山羊引起的风波、女人们在一起戏耍闲谈的欢乐、农民那带有原始色彩的恋爱生活，以及他们在家破人亡之后为追求生存进行反抗等场景的描写，绘制了北方农民在无情的大自然、贪婪的地主和日本鬼子的逼迫下，生死轮回的典型境遇和状态。《呼兰河传》也是如此，小说从呼兰河的四季更替、风光景色、民情风俗以及老百姓的生活态度等写起，然后介绍呼兰河的大节日和庆会，以及那些庆会对人民的影响。紧

① 胡风《生死场》读后记。

接着记述了作者祖父和她小时所住过的四合院以及发生在作者身边几个人物的往事。小说共七章，每一个章节都可以自成单元，故事是支离片断的，人物性格也看不到发展，整个结构展现一种散漫状态。但合上全书，把七个章节连起来思索，却又形成了一个总体的典型境遇和形态，那就是有形形色色的地方风俗，刻板到近乎停滞的生活；住在呼兰河畔小城里的人们饱受熬煎，而又麻木愚昧的情景。《呼兰河传》就像一串凄婉的歌谣，给我们留下了20年代呼兰小城单调刻板、愚昧保守的生活印迹。那么，作者既然不靠故事情节和人物形象取胜，她又是靠什么牵动人心，感动读者的呢？又是如何绘制典型境遇和典型形态的呢？我认为，作者采取和依靠的手段主要有以下五点：

第一，写景。萧红自幼爱好绘画，向往大自然，并在这方面进行过学习和钻研，多次到自然环境中去写生，练就了一个高明写生画家应具的本领。这对日后她的小说和散文创作均产生了较大的影响。她小说中的景物描写不但比比皆是，而且起到了烘托环境、画龙点睛的作用。如《生死场》第六节开首作者这样写道：

> 房后的草堆上，温暖在那里蒸腾起来了，全个农村跳跃着泛滥的阳光，小风开始荡漾田禾，夏天又来到人间，叶子上树了！假使树会开花，那么花也上树了！
>
> ……
>
> 暖和的季节，全村忙着生产。大猪带着成群的小猪喳喳地跑过，也有的母猪肚子那样大，走路时快要接触着地面，它多数的乳房有什么充实起来。

用形象化的语言先写“夏天又来到人间”，紧接着描绘猪和狗的生产情景，为下文描写人的生产情节作了铺垫，用形象、生动的笔法突出了“生”与“死”、相生相克”[①]的主题，起到了画龙点睛的作用。因此鲁迅先生在《生死场》序言中说：“这自然还不过是略图，叙事和写景，胜于人物的描写。”

第二，叙事。“萧红可算是个所谓内观和自传型的作家”，因此，她的乡土小说大多是回忆型，作者又多采取第一人称的写法，使其小说呈现出了较强的叙事性。萧红小说中的叙事和描写往往是结伴进行的，达到了浑然一体的境界。并且，她的叙事文字较多，描写文字较少，叙事中的描写只是点到为止，但二者结合起来，却达到了生动传神的效果。这主要表现在两个方面，一是小说中的叙事运笔挥洒自如。作者在叙事和描写时只是用平白如话的文字如实叙录，绝不刻意雕琢，也不追求浮华。同时，作者还往往能寓浓郁深沉之情于朴实的叙事之中，从而显示了一种明朗朴素，挥洒自如的艺术风格。如《呼兰河传》第七章第九节对冯歪嘴子女人的死有这样几句叙事和描写：

> 在这样的一个夜里，冯歪嘴子的女人死了。第二天早晨，正过着乌鸦的时候，就给冯歪嘴子的女人送殡了。

后面关于送殡情况的具体叙事和描写，也只是寥寥数行，一带而过。死本是人生的一件大事，但作者叙述和描写的非常简单、平淡，没有一点铺叙和渲染，好像作者并未激起一点感情波澜。实际上，却表现了冯歪嘴子的妻子本不过是一个非常渺小卑

---

① 葛浩文《萧红评传》，中文版，第58、137页。

微的女人，尽管她已病逝了也不足挂齿，犹如死去一只普通的动物罢了。显然，作者是伤痛的，但这种感情却犹如回荡在深潭底部的波浪，并无声势赫然的外观。二是小说中的叙事真实亲切。这是和作者的叙事角度分不开的。作者在写小说时多以“我”的形象出现在作品之中，采取第一人称的叙事角度，按理“我”在小说里只不过是一个穿针引线人物，并且又以一名少年和儿童的形象出现，本来并不十分重要，但作者却首先把“我”的形象描绘得十分逼真。在此基础上，以“我”的口吻去叙事，以“我”的观察去描写，以“我”的观点去看问题，使小说在生动的叙事之中给人一种真实和亲切之感，增强了作品的吸引力。在叙事方面，小说《桥》可算一篇典型的代表作，在这篇小说中没有人物对话，也没有人物肖像描写，大半是主角黄良子的叙述和独白，但却很好反映了小说的主题，再现了萧红小说的艺术风格。

第三，情感。萧红是一位富有感情的人，她自己曾说过：“我的心就像被浸在毒汁里那么黑暗，浸得久了，或者我的心会被淹死的，我知道这是不对，我时时在批判着自己，但这是情感，我批判不了。”[①]萧红认为一个题材必须要跟作者的情感熟悉起来，或者跟作者起着一种思想情绪。由此可以看出萧红对于主观意识表达的看重。从第一篇小说《王阿嫂之死》中带有明显主观色彩的比喻式的运用，到《生死场》中经过主观心灵化的图景描写，萧红将自身的全面情感倾注于描写对象之中，情绪贯穿在作品之中，成为了她乡土散文化小说的典型。如果读者仔细研读，你能领会到她的每一部小说都寄托着一种情绪，即使是对一个细节的描写也隐喻着一种情感。如《呼兰河传》中对“大泥

① 《萧红书简辑存注释录》，第116—117页。

坑”的描写，寄托了作者对农民们不愿从问题根本着眼改变他们生活的情绪。作者在叙述大家评论纷纷后曾这样近乎激愤地感叹道，“说拆墙的有，说种树的有，说用土把泥坑来填平的，一个人也没有”[①]。而对城中两个大庙——老爷庙及娘娘庙中塑泥像的描述，又传达了作者强烈的“女权主义”的思想。

第四，细节描写。萧红有着敏锐的观察力，善于捕捉生活中的细节，并以此作为塑造人物、描写景物的主要手段，从而达到震撼读者心灵的效果。萧红记述日常偶发事物和情景有惊人的本领，她能将一件大事提纲挈领、画龙点睛地描绘出来，让人信服；也能把那些日常貌不惊人的琐事写得淋漓尽致，产生令人欲罢不能的吸引力，这方面的例子是很多的。《生死场》中最令人称道的是她写出了农民对家畜的强烈感情，如“老马走进屠场”一节，通过老王婆为了还债，被迫牵着她那匹老马去屠宰场一幕的细节描写，把老王婆心中的悲切和她那对马的感情刻画得淋漓尽致，非常感人。再如“菜圃”一节写麻面婆偷倭瓜的细节。本来二里半带着麻面婆和他们的儿子罗圈腿去“菜圃”收大头菜，麻面婆看见别人家的倭瓜红了，便偷了四个，她抱两个，让儿子抱两个，事情就坏在她儿子罗圈腿身上，因为他抱不动所以被人发现了，二里半踢了孩子一脚，并骂了他，麻面婆见此情景，赶紧把另外两个倭瓜藏进柿秧中，她以为自己干得很巧妙，实际已被大家看到，并且儿子罗圈腿在挨打骂之后感到委屈，揭发了她偷倭瓜的行为，因而弄得她很尴尬，直到二里半说出这倭瓜是他们自己家种的时候，这戏剧场面才算结束。这一细节描写表达了三层意思，一是罗圈腿作为一个小孩子是诚实的，二是麻面婆的

---

① 《呼兰河传》黑龙江人民出版社，第12页。

小农意识及相应行为，三是再现了封建社会男尊女卑的生活场景。同时，通过弄巧成拙的描写，产生了戏剧化的效果。这本是一件生活中的细小琐事，但在作者的笔下却能妙笔生花。

又如《呼兰河传》中冯歪嘴子和外人对话的情形：有时候，和冯歪嘴子隔窗谈天的祖父已经走远了，回屋了，只有“我”还在墙根下坐着玩。而冯歪嘴子由于看不见被黄瓜秧爬满窗户外面的情景，却还在问道：“老大爷今年没下乡去看看哪！”这时“我”笑得忍也忍不住了，跑进屋去告诉祖父，祖父也笑得眼泪流出来。老厨子则故意打趣他，有时到后园摘茄子，边摘边和冯歪嘴子谈天，谈到一半就蹑手蹑足地溜掉了，然后让冯歪嘴子在磨房里大声问话而得不到回应。

这是一段充满生活情趣的细节描写，读到这样的描写时，人们不仅要发出会心的微笑。因为它使读者不知不觉地完全进入了作者创造的艺术境界，在感情上得到了一种莫大的愉悦。

第五，语言魅力。萧红乡土小说的语言魅力是相当独到的。关于这一问题，后面笔者将专门列题论述，这里就不多说了。

关于地域色彩和文化氛围

鲁迅先生说过：“有地方色彩的，倒容易成为世界的，即为别国所注意。”萧红的乡土小说之所以为外国学者所注目，同其小说中芬芳的乡土气息，以及对黑土文化的思索是分不开的。

应该公允地说，萧红在其乡土小说中通篇对曾孕育过她的黑土文化进行着思索，这之中有对那些“蚁子似的生活着，糊糊涂涂地生殖，乱七八糟地死亡”的黑土地上的精灵的思索，也有对黑土地各种风物的巡礼，有对北方农村场景的描绘，也有对生活情趣的勾画。因而，显示出了黑土地上的文化景观和文化生态，使其小说中的地域色彩和文化氛围跃然纸上。

萧红为达到对黑土文化进行思索，以及传递乡土气息的目的，在其小说中除对当时北方农民的特有群体形象进行勾画外，主要采取了景观描写、巡礼地方风俗、捕捉日常生活习惯等手法。首先，在景观描写上向人展现了“千里冰封、万里雪飘”的北国风光，如《呼兰河传》就真实地表现了中国北方寒冬的特色：

> 严冬一封锁了大地的时候，则大地满地裂着口。从南到北，从东到西，几尺长的，一丈长的，还有好几丈长的，它们毫无方向地，便随时随地，只要严冬一到，大地就裂开口了。

又如在《生死场》第四节“荒山”中作者把孩子们集聚在山坡，缘着树枝爬上去，顺着结冰的小道滑下来淘气的场面写得活灵活现。同时，也形象地描述了冬天对于村中孩子们，和对于花果同样暴虐，“他们每人的耳朵春天要脓涨起来，手或是脚都裂开条口”。这是只有北方才具有的特色。

在反映地方风物方面，萧红“作为一个对文化味小说极感兴趣的作家”[①]，在《呼兰河传》中阅遍了关于跳大神、唱秧歌、放河灯、看野台子戏、逛娘娘庙会等各种民风民俗，而且这些描写尤为细腻传神。关于看野台子戏，作者不仅写了唱三天大戏的由来，搭台子的经过，接姑娘唤女婿的繁忙景象，而且写了男男女女的社会交往。他们常常利用这个机会进行家庭聚会或者走亲戚串朋友，少男少女和他们的家长“彼此偷看”，所以，去看戏

① 曲若镁、孙民乐《苦闷的黑土之魂—— 论萧红》。

的姑娘，个个都打扮得漂漂亮亮，都变成了大家闺秀。作者还经常采用一些民歌、童谣，用来烘托作品的气氛。在这一章节里就借用了当时盛传的一首童谣："拉大锯，扯大锯，姥爷（外公）门口唱大戏。接姑娘，唤女婿，小外孙也要去……"这是一首传播相当普遍的童谣，即使今天在北方村镇中也广泛流传，一念起这首歌谣就令人想起了那接姑娘、唤女婿的繁忙景象和欢乐的场面，从而产生令人神往的情绪，起到渲染环境，增强乡土气息的效果。

关于饮食习惯，作者对黄米年糕和小葱、大酱拌豆腐以及吃黏豆包的描写颇为动人。那刚出锅的黄米年糕，由于撒上了大芸豆，"一层黄、一层红，黄的金黄、红的通红……愿意加红糖的有红糖，愿意加白糖的有白糖"，简直色味俱浓，令人垂涎欲滴。作者写了真实的地方风俗，把读者引入了特定的历史环境。有类似经历的人将唤起对乡土的无限思念，从中激发出爱国主义情怀。萧红乡土小说的生活情趣也非常浓厚。如《生死场》"荒山"一节写冬天女人们聚在热炕头上闲聊，这本是一个难写的场面，但在作者笔下却情趣盎然。请看李二婶到来一段：

> 她生得这般瘦，腰，临风就要折断似的，她的奶子那样高，像两个对立的小岭。斜面看她的肚子似乎有些不平起来。靠着墙给孩子吃奶的中年的妇人，望察着而后问：
>
> "二婶子，不是又有了呵？"
>
> 二婶子看一看自己的腰身说：
>
> "像你们呢！怀里抱着，肚子还装着……"
>
> 她故意在讲骗话，过了一会儿她坦白地告诉大家：

“那是三个月了呢！你们还看不出？”

菱芝嫂在她肚皮上摸了一下，她邪昵地浅浅地笑了：

“真没出息，整夜尽搂男人睡吧？”

“谁说？你们新媳妇，才那样。”

“新媳妇……？哼！倒不见得！”

……

这形象化的描写，生动的语言，只有善于捕捉生活细节、生活情趣的人，才能写得出来。除此之外，作者还进一步揭示了表现在其他方面的风土人情。诸如《呼兰河传》中十字街的小城，破旧的草房，卖麻花、卖凉粉的喊叫声，卖豆芽菜的王寡妇插在房脊上的“幌子”，以及八月里女人们浆衣袋、拆被子、捶棒槌的场面；《生死场》中对牲畜生动传神的描写、麦收和摘菜的场景、烤火盆、牧羊的细节；《小城三月》中定亲买嫁妆、满族人的服饰描写等，都带有十足的北方生活的特色。这些，充分地增强了作品的艺术感染力。

关于语言艺术

别林斯基曾说过：“有文体，这本身就说明了有才华，并且是不平凡的才华。”萧红小说创作的成功，关键是她形成了个性鲜明的文体。而萧红小说文体的支柱点首先又表现在她那极其简洁、自然、富于抒情性的优美行文上。萧红的文笔之美曾得到了许多作家和评论家的赞赏。鲁迅以“明丽和新鲜”称誉《生死场》的文字；骆宾基形容《呼兰河传》“文笔优美，情感的顿挫抑扬如小提琴名手演奏的小夜曲”；葛浩文则以“注册商标式的优美简洁”称赞《商市街》的行文。笔者则认为，萧红的行文有如优美的舞姿一样潇洒。萧红的文笔之美，最重要的是她行文简洁、不雕琢，如行云流水。正如葛浩文先生所说："她这种优美精炼的文笔，当读者初读时很易被忽略，原因是她的行文太流畅，太自然的。"[①]之所以能达到这种境界，是和萧红第一人称的叙述角度以及自传体的运用分不开的。萧红在小说创作上很少在人物塑造、心理描写和戏剧场面上下功夫。萧红是一位善于描写她私人经验的作家，因此，她自身与作品关系越近，她便越能在作品里配合书中的角色，与书中的景况相吻合，达到一种浑然一体的境界，相应文中的语句也就自然、流畅。反之，她个人与作品关系越疏远，那么这部作品失败的地方就越大，相应的叙述语句就达不到自然、真实的目的。从上述分析中可以得出这样的结论，萧红乡土小说基本都是自传体的，因此，她写乡土小说的语言是自然亲切的。

萧红乡土小说语言的第二特点是像诗一样。萧红"是一位富有诗人气质的小说家和散文家"[②]，她虽不以诗名，但的确别具诗心。她文学才华最早被人发现是因诗句《春曲》；她告别这世界时留下的是"我将与碧水蓝天同在……"这样悲伤的诗句。这种气质和天赋表现在其小说的行文上自然而然地形成了具有散文诗韵味的诗章。萧红乡土小说中诗的意境，没有着意的雕琢，是完全的自然流淌。《呼兰河传》第三章第一节中有一小段文字很有代表性地说明了这一问题：

花开了，就像花睡醒了似的。鸟飞了，就像鸟上天

① 葛浩文《萧红评传》，中文版，第168页。
② 余时《萧红的诗》，第12页。

了似的。一切都活了。都有无限的本领，要做什么，就做什么。要怎么样，就怎么样。都是自由的。倭瓜愿意爬上架就爬上架，愿意爬上房就爬上房。黄瓜愿意开一个谎花，就开一个谎花，愿意结一个黄瓜，就结一个黄瓜。若都不愿意，就是一个黄瓜也不结，一朵花也不开，也没有人问它。玉米愿意长多高就长多高，他若愿意长上天去，也没有人管。蝴蝶随意的飞，一会儿从墙头上飞来一对黄蝴蝶，一会儿又从墙头上飞走了一只白蝴蝶。它们是从谁家来的，又飞到谁家去？太阳也不知道这个。

有谁能说这不是诗呢？简短的文字、流淌的语言，一个自由王国的境界，这才是大自然令人向往之处，也是萧红心绪的驰驻之境。

萧红乡土小说的语言是自然的，正如当代作家刘恒所说："萧红讲故事有一个特点，她总喜欢用'了'，'了'这样一个虚词，一个尾音，被萧红用得十分醒目，十分有韵味"，从而倍增了小说的亲切感。如"祖父不怎么会理财，一切家务都由祖母管理。祖父自由自在地一天闲着，我想，幸好我长大了，我三岁了，不然祖父该多寂寞。我会走了，我会跑了。我走不动的时候，祖父就抱着我；我走动了，祖父就接着我。"一切都显得那么亲切、自然。当然，我们强调萧红乡土小说语言的自然、流畅，并不是说她对语言一点也不作锤炼和修饰。相反，她在小说中也运用了排比、反复、对偶、比拟等多种辞格，进一步增强了语言的新鲜感和艺术感染力。诸如《呼兰河传》中，

除了我家的后园，还有街道。除了街道，还有大

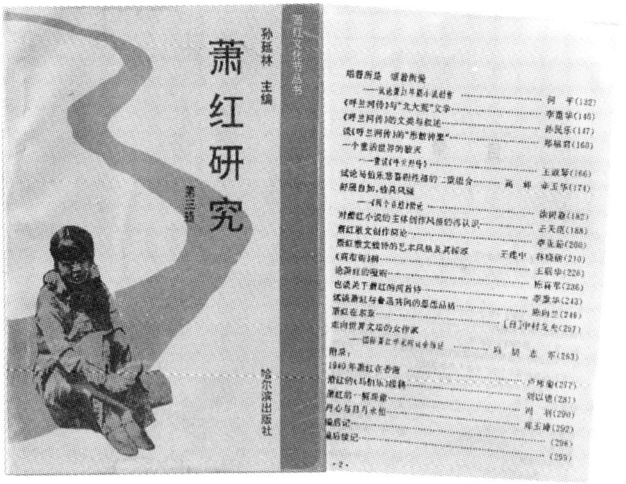

河。除了大河，还有柳条林。除了柳条林，还有更远的，什么也没有的地方，什么也看不见的地方，什么也听不见的地方。

那终年生病的老太太的祖母，她有两个儿子，大儿子是赶车的，二儿子也是赶车的。一个儿子都有一个媳妇。大儿媳妇胖胖的，年已五十了，二儿媳妇瘦瘦的，年已四十了。除了这些，老太太还有两个孙儿，大孙儿是二儿子的。二孙儿是大儿子的。

《小城三月》中

翠姨头梳得很慢的，必定梳得一丝不乱；擦粉也要擦了洗掉，洗掉再擦，一直擦到认为满意为止。

语言质朴风趣，错落有致。又如，即便是写猪槽子、砖头子、破坛子等这些破旧的、不被人注意的物件，由于作者找到了最佳叙事角度，又能巧妙运用修辞手法，也都写得生动活泼。

> 说也奇怪，我家里东西都是成对的，成双的。没有单个的。砖头晒太阳，就有泥土来陪着。有破坛子，就有破大缸。有猪槽子就有铁犁子。像是它们都配了对，结了婚。而且各自都有新生命送到世界上来。比方土坛子里的似鱼非鱼，大缸下边的潮虫，猪槽上的蘑菇等等。

萧红在其乡土小说中还讲究炼字，注重选词，往往因一字、一词之功使句式鲜活明快，语意不凡。诸如《生死场》中“绣着野菜”的“绣”字，《呼兰河传》中“个个街道都活了起来”的“活”字，“因为花香，招来了很多的蜂子，嗡嗡地在玫瑰树那儿闹着”的“闹”字，等等。在《小城三月》中，作者描写春景时这样写道：

> 三月的原野已经绿了，像地衣那样绿，透出在这里，那里。

仅一个“透”字就把春天绿草发芽的情景写活了。这一切，更加显示出鲁迅所评价的“明丽和新鲜”的语言特色。

此文是1993年参加萧红学术研讨会提交论文，收录于1993年《萧红研究》，入选国际萧红学术研讨会大会论文。

第三篇

萧红的魂——漂泊而闪烁

她是荆棘中的傲骨，不畏封建势力，一生追寻温暖和爱。她对文学虔诚，对国家和人类担当，她弘扬个性、坚持自我，勇于创新，形成了英魂永驻的人文精神；她常常被后人想起，被追寻者牵挂；她是民国的才女，置身于历史的长河，对比中漂泊而闪烁……

精神传承——作者抓拍的照片

萧红的精神

精神有两种说法，首先是指长相，长得精不精神，其次是精神状态，精气神。还有一种是深刻的、内在的、泛指的、提炼的，能够影响他人，能够流芳后世的精神。萧红身上有一种气质，论长相应该算不错，否则，也不能赢得那么多男人的心。论精神头可能要差点，除了个别时期还可以，多数时间应该是面容憔悴、精神疲惫。可她短暂生命形成的内在精神磁场是强大的，虽历百年光阴，至今光芒四射。

萧红精神蕴含于萧红经历和作品之中。萧红热起于改革开放之初，“左”的藩篱打破了。美国学者葛浩文的《萧红评传》在国内出版，带来一缕清风，吹散了原有对萧红偏颇的认识，国内很多学者开始学习萧红、研究萧红，重新评价萧红。之后是传记热，很多学者都热衷为萧红作传，这之中的好处是解开了不少关于萧红传奇经历的谜团，有分量的传记是叶君的《从异乡到异乡——萧红传》和季红真的《呼兰河的女儿——萧红全传》。再之后是电影热，小宋佳演的《萧红》有迎合市场的倾向，突出萧红和几个男人的关系，剧情让人觉得离奇；汤唯演的《黄金时代》想全景式地展现萧红，剧中旁白太多，学术氛围颇浓，只有了解萧红、研究萧红的人才能耐着性子看，看完电影，观众觉得找不到编剧、导演的影子。尽管萧红没有宋佳、汤唯那么靓丽，但比她们复杂、丰富、深沉，特别比她们痛苦。因此，她们演的是外在的，深藏萧红身中内在精神没有演出来。

蕴含于萧红传奇经历中有两种精神，一种是对封建传统势力的反叛精神，一种是对美好爱情和祖父式温暖与爱的执着追求精神。与这两种精神相伴的是现实的落差，从而形成萧红传奇苦难的人生，成为其创作的源泉。萧红之所以能走向反叛道路，有其可以寻找的渊源。父母具有开明倾向，让女儿上学，这在当时是很难得的。但这种开明又是有限的，深藏于萧红父母尤其父亲心中的还是根深蒂固的传统文化，女儿要遵守家里的“三从四德”，不能做太越格的事，不能做有损于家庭脸面的事。而萧红一门心思想上学，家里越反对她越是反叛。时代环境的影响。萧红处于辛亥革命到抗战的时期，属变革时代，整个社会都在谋求建立新秩序，尤其提倡男女平等，对萧红这样因上学而接受新事物的新女性来说颇具吸引力。性格因素，也是遗传因素。萧红虽然从骨子里反感父亲，但她骨子里却遗传了父亲的倔强。在学校的表现是好学、内敛，但愿意参加学生运动，接受新事物快，这样的性格一旦有机会必然走向反叛道路。萧红的反叛又是不彻底的，迫于经济的压力和对男人的依赖，她曾向家庭低头，不得不投向包办未婚夫汪恩甲的怀抱。被汪恩甲抛弃后，在萧军和大家帮助下又走向逃难之路，走向了不归之路。萧红从小缺少母爱和父爱，幸运的是得到了祖父的爱，她一生都在寻找温暖和爱，她向往美好的爱情，向往真挚的感情，但现实给予她的都是反差、失望，经历了更多的感情波折和非议。逃难是辛苦、寂寞的，缺少关爱是孤独的，离家越远乡愁越浓，对现实失望的反差让萧红忧郁、反思、忧患。

蕴含于萧红传世文学作品中有四种精神，对文学的虔诚精神、张扬个性的自我精神、不拘泥于旧套的创新精神和忧国忧民的担当精神。萧红对文学创作是虔诚的，她对创作有一种类似宗教情感，为了创作一切都要让路，一切都可以不顾。在歌乐山，孙寒冰和文摘社负责人贾开基邀请萧红到复旦大学教文学课，萧红连考虑也不考虑，就非常直率地一口拒绝了，说得二人几乎下不来台。萧红的理由是讲课时间长了，就变成学究了，写小说也就有学究味了，还是自由自在搞创作好。萧红和端木执意上香港，走得非常仓促，引来朋友的非议，实际目的只有一个，就是为了创作。端木蕻良说："她认为一切都要服从创作，既然到了香港，环境安定了，避开了轰炸，免去了负担，我们都年轻，都希望拼命地写东西。"现实中很多苦恼都源于太在乎别人的看法和评价，萧红在生活上也是如此，但文学创作上却我行我素，任凭别人怎么说，我都是按照自己的思路和想法去创作，写自己熟悉的题材，写具有普世的命题，按照自己擅长的写法去写，最终形成了萧红体。在创作上萧红张扬个性，真正做到了自由翱翔；萧红在创作上非常大胆，不畏前人，不拘泥于旧套，走前人没有走过的路，勇于探索和实践，形成了自己的个性风格。萧红关于小说写法的著名言论就是最好的例证；萧红属于新女性，站在时代的前列，敢于向传统叫板，提倡和追求男女平等。但萧红也脱不开传统文化根深蒂固的影响，并且传承了传统文化的优良成分。在她的身上有着很强的儒家传统思想，那就是担当精神。萧红有一种强烈的责任意识和忧患意识，她不是为了写作而写作，她把写作作为手段，通过写作去改造国民性，其宗旨是为了中华民族的觉醒和振兴而奋斗。她曾说："作家不是属于某个阶级的，作家是属于人类的。现在或者过去，作家们写作的出发点是对着人类的愚昧！”她是这样说的，也是这样做的，所以才写出了普世而又历久不衰的作品。

2015年6月7日

牵挂萧红

由电影《萧红》想到的

“三八”妇女节，期盼已久的电影《萧红》正式上映了。我约妻子同去看电影，妻子忙过节不去。回到家里，我上网搜索金色阳光影院没有公告，我又打电话咨询，得知晚上8点半有一场，我要去看妻子不让，怕太晚打不上车。3月9日，吃完晚饭我先去了华联影院，晚上没场。又去金色阳光影院，晚场取消了，只能失意而归。3月10日，在我的甜言蜜语下，妻子陪我去华联看晚上8点20分场，终于如愿以偿。

华联影院一天的放映是三场，金色阳光也三场，和同期上映的影片相比不算少，并且时段都比较好。但我也怀疑晚场是否人少？否则，怎么取消了呢！看的人总体来说不算少，而且看得非常认真，没有走动、没有喧闹。我感觉大家多数应该了解萧红。我身边的女士在影片结束时哭了，最令我感动的是，影片结束时字幕很长，没有观众提前离场，大家都静静地坐着，一直到放映结束。

单就影片来说，总体上拍得不错，演绎了萧红传奇经历，把萧红对爱情的敏感、对男人的依赖，女性的细腻，萧军的仗义、大男子主义以及对情感的随意，端木蕻良对萧红的倾心、大胆，关键时期的懦弱等都一一予以了呈现。影片的多处场景变换处理得不错，把大家带入萧红成长的年代。应该是一部很好的情感片，也基本达到了感人效果。就其不足来讲，影片过于关注了情感，并且没有把萧红对男权主义的抗争充分表现出来，缺乏人物性格的深度挖掘，缺乏环境的陪衬和烘托。同时，仅就情感做文章，不足以展现作家萧红。萧红是一位全景式的萧红，萧红是一位具有典型时代烙印的萧红。不过回过头来说，把名人名著搬上电影是很难的，因为很多人心目中已经有了自己的萧红，历史已经沉淀、定性了萧红。同时，制片方还要考虑环境需要、经济效益等问题，所以很难满足所有人的口味。实际上最需要的是抓主体，展现主体的萧红，应该说这部影片在展现萧红主体风格上做得还不够。

不管怎么说，我们都应该敬佩和感谢制片方，毕竟把萧红搬上了银幕，萧红也会像引发争议的电影《白鹿原》一样，带动作家作品、作者故乡和作家本身的红火，加深人们对文学的关注，对作家萧红的敬重。

2013年3月10日

写不完的萧红

——读垂青的《萧红传》随感

出差途经青岛，在机场转书店，看见一本垂青著的《萧红传》，立马吸引了我的眼球，因为萧红是我的最爱，写她的书只要看见必买。书的腰封上写着“汤唯倾慕的文艺女神”字样，是否和即将上映的《黄金时代》有关？《萧红传》据说有二百多本，随着电影《萧红》上映多了一些传记，这次《黄金时代》未映先热，据说已经有很多人借机出传记，垂青的《萧红传》应该就是其中一本。《黄金时代》编剧李樯为了写电影剧本看了二百多本关于萧红的书，前前后后用了三年时间，那才是一本值得期待的书，更是一部值得期待的电影。

垂青的《萧红传》脉络清晰，写的是萧红穿过漫长的爱情旅程。除第一章用很少的篇幅写了一些和萧红爱情有关的家乡经历，最后一章写了萧红和丁玲、张爱玲比较，简单提到了萧红的成名作和代表作，其他篇章都是以人物命名的，写的是一个女人和六个男人的故事：第一章写到萧红青睐的陆哲舜，萧红的包办婚姻男人汪恩甲。第二章开始均是以人物命名的，写的是萧红和萧军，第三章和端木蕻良，第四章和骆宾基，第五章和鲁迅。关于和几个男人的关系，过去对汪恩甲多数人持鄙视态度，好像他是传统势力的代表，抽大烟、喝大酒，人品极坏，是他骗了萧红，玩弄之后，把萧红当人质押在东兴顺旅馆。作者却站在另一个角度，认为是萧红在街上相遇主动和汪打的招呼，萧红反的是包办婚姻，并不反汪恩甲。汪恩甲也是有同情心的，后来离开宾馆一去不返是因为他没有萧红的倔强和渴望，没有逃脱家庭的牢笼。萧红之所以对汪恩甲低头，根本原因是迫于生活的无奈。和陆哲舜，两人是同学，在交往中互生情愫，但陆哲舜是有家之人，萧红不想破坏他们的家庭。从另一个角度说，陆哲舜虽然和萧红有同样的爱好和追求，但他却缺少萧红的倔强和执着，他敌不过柴米油盐，最终向世俗低头，两人分道扬镳。和萧军的关系已成定论，不用说了。和端木蕻良，作者还是趋于公平，为端木正身说了不少好话。和鲁迅关系，意外地提到了许广平对萧红单纯，经常来鲁迅家打扰的不满，也有因鲁迅对萧红宠爱的嫉妒。

萧红从小就缺少爱，所以她始终追寻爱。她把爱情也当成了泛爱，因此，她在鲁迅那里得到了祖父似的温暖，她在临终时还念念不忘祖父的爱。萧红一生都在追求理想爱情，但迫于生活的压力，她没有时间选择理想伴侣，迫于对男人的依赖和个性因素，她没有能静下心来思考和理智选择伴侣。她渴望和她有感情纠葛的男人能够给她带来一段温暖的呵护，但她得到的却是支离破碎的遭遇和爱情的坎坷。萧红是时代的坚强者，她在爱情的坎坷中实现了超越，凝聚成了写作的力量和辉煌。

萧红在给萧军写信中乐观地认为，她们所处的时代是黄金时代，尽管那个时代并不那么富足，也不自由。萧红本身还经历了爱情的坎坷、生活的贫困和逃避战争的困扰。但她却对时代充满自信，无论多么烦恼、多么无奈，都能静下心来，写自己、写社会、写未来，最终为时代做出了贡献，为后人留下了精神遗产。其扑朔迷离的经历，我行我素的创作，后人一直探索着，敬仰着，因此，才有写不完的萧红。

2014年8月17日

萧红渴望黄金时代

《黄金时代》是继霍建起导演的电影《萧红》之后，我一直关注和期待的又一部表现萧红的电影。今年我第一次休带薪假，返程正值9月30日晚半夜，一觉醒来，我恨不得马上就去看电影。松雷幸福蓝海影院1点30分和2点10分场没有赶上，我们去乘风新玛特店和华联影院都是一天只有一场，最后又返回松雷，4点25分在VIP厅如愿以偿（这个时间只有VIP）。VIP厅就我们两个人，我倒愿意静静地和夫人独享这份快乐，但我也担心这部电影的票房！

作为萧红的追随者、研究者，我首先声明：发自内心的、真诚的感谢导演许鞍华和编剧李樯在浮躁的时代能够不惜花精力、投血本拍一部带有自身价值追求的电影。也感谢演职人员的辛勤付出，全景式地展现萧红，让更多人认识萧红，由此，也已经带来了又一轮的萧红热！

对《黄金时代》公映前后，我有一些疑问和想法：

为什么叫《黄金时代》？许鞍华解释，一切源于萧红给萧军书信中的一句话："这不正是我的黄金时代吗？"萧红在日本的时候过得很惨，很思念萧军，就写下这段话，在许鞍华看来，这具有反讽的意义。另外一个层面，"黄金时代"也是在形容文学大师们的黄金时代。这在电影中有体现，那么多大师出现，那么多大师在为萧红旁白。我想除此之外还有一个原因是避免重复（前面霍建起导演的影片叫《萧红》），寻求新鲜、吸引眼球。实际上萧红并没有迎来黄金时代，而是渴望黄金时代。回答这一问题，我们要了解萧红说话的背景，萧红之所以去东京，主要是她和萧军的感情出了问题。萧军不能停止出轨，萧红不能停止爱他，两人商量分开一段时间。但萧红其实没有能力一个人生活。从1936年7月18日她给萧军的第一封信开始，她就不断地身心痛楚着。不久，她敬重的鲁迅先生也离开了。异国的日夜，她反复发烧，"精神也烦躁得很"。1936年11月19日，萧红给萧军写了很长的一封信，其中写道：

窗上洒满着白月的当儿，我愿意关了灯，坐下来沉默一些时候，就在这沉默中，忽然像有警钟似的来到我的心上：这不就是我的黄金时代吗？此刻。于是我摸着桌布，回身摸着藤椅的边沿，尔后把手举到面前，模模糊糊的，但确认这是自己的手，尔后再看到那单细的窗棂上去。是的，自己就在日本。自由和舒适，平静和安闲，经济一点也不压迫，这真是黄金时代，是在笼子过的。

通读萧红在日本写给萧军的信件，我们知道萧红在日本独处常常想起和萧军在商市街的经历。她是和商市街的生活做对比，认为不愁吃不愁穿，比那时候好多了，应该好好工作，同时也有安慰萧军的用意，信的最后也赘了一句话“是在笼子过的”，真实内心是苦闷至极。

为什么要拍三个小时？为了全景式地展示。许鞍华承认这个时长很冒险，但是九十分钟不足以表现这个人物，而如果两个多小时，大家依然会觉得长，还不如索性把全部展现给观众。有趣的是投资方并不对时长做要求，甚至还劝她不要再减了。实际上追求大而全，往往求全而不得。影片对萧军展示得比较全面，鲁迅还算可以，端木蕻良和骆宾基显得欠缺。至于到过的城市、经历的事件也没有和盘托出，这之中有情结在里面。许鞍华钟情萧红，她说把萧红拍明白了，自己的事情也就弄明白了。她舍不得剪裁，看哪儿都稀罕。还有一种说法，《黄金时代》是编剧李樯的舞台，导演完全按编剧的剧本去拍，只是删减，已经删的不能再删了。这部电影的确弄得许鞍华很头疼。许鞍华承认这部传记电影让自己“拍怕了”，甚至以后也不会再拍和作家相关的电影了，“这部电影共二百九十多场戏，其中没有一个场景是重复的，拍摄的幅度以及后期大量的筛选工作是件非常困难的事。”正因为难以取舍，才让观众看的乱乱哄哄，理不出头绪，就像研究者把很多观点放在那儿而没有自己的观点一样。我在看的过程努力提神，力求有所发现、有所惊喜，但由于头天旅途劳累，加之影片平铺直叙、絮絮叨叨，我也打了盹。夫人碰醒我：喂，你怎么能睡呢？看这电影你还能睡！她对我都不理解。

为什么采用那么多旁白手法？对于这样一部以民国时代为大背景，阐述传奇女作家萧红特立独行的人生以及爱情经历为题材的影片来说，许鞍华导演大胆地采用了以本人及第三人称的角度穿插讲述故事，并大量引用了文学原文的手法。这种略带有些实验性的拍摄手法也令不少网友为之点赞，但更多人提出异议。我看影片的感觉是事件清楚的就按剧情去演，不清楚的就采用第三人称旁白作评价、作补充。以往的电影有画外音和旁白，不过没有这么多。萧红的经历本身就有很多谜，尽管传记颇多，但多数是后人描述的，电影采用这么多旁白，就更让萧红的经历扑朔迷离了！同时，第三人称太多、旁白太多，给人的感觉是不伦不类，既像故事片又像纪录片，使人情绪集中不起来，把握不准主题，难以形成完整的人物形象。

李樯为了写这部剧花了两三年时间，看了两百多本有关萧红的书，可谓用心良苦。看完电影后我又读了一遍骆宾基的《萧红小传》，尽管李樯看了很多书，但主要蓝本还是这本书，电影中很多细节都在这本书中能够找到。许鞍华也是下了赌注，下决心要拍好这部剧。开始我说了主流应该肯定，精神难能可贵，行为值得敬佩！这部电影也的确有很多优点，大家公认配乐好，画面美，明星助阵，演技出色，同时又很多细节创新。比如哈尔滨发大水，萧红被救一场采用了喜剧手法。一开始我还不大理解，后来醒悟了，从萧红的角度就是喜剧。没有大水、没有萧军，萧红哪能重生！端木给萧红吸痰的细节也值得加分。还有很多闪亮的语言，我记下的有两条，一条是胡风在知道萧红和端木结合后说的："何必那么急呢，冷静一下思考不好吗？"还有一条是萧红说的："我自己没有什么朋友，我的朋友都是萧军的，你们都是萧军的死党。"但前面说了这部影片还是有很多不足，令人遗憾！

看电影，我们家分为三派，我和夫人各执一派，孩子一派。90后儿子说：我可以和你去看，因为你研究萧红，我对象未必去，不过也可以去，毕竟有那么多明星。夫人陪我看了，而且聚精会神地看，完全出于对我的爱。看完后一言不发、情绪比较低落。过两天才跟我说：《黄金时代》总的不错，不过演的都是萧红的私生活，没有演写作，涉及作品不多，不利于弘扬萧红形象。当时我主动陪她再看一场《心花怒放》。这叫夫人陪我看萧红，我让夫人心花怒放。

2014年10月5日

呼兰河畔忆萧红

萧红生于1911年6月1日，今天是她的一百零三岁诞辰，大庆日报和大庆写作协会联合主办，把三合读书会第九场移至呼兰河畔。端午节忆萧红，呼兰河畔忆萧红，主题是讨论《呼兰河传》。

从青岛回来我就病了，口腔溃疡，舌头破了，上嘴唇也破了，并且恶心、拉肚。口腔溃疡，对于我来说是常见病，时不当地就发生，查过，说和胃、肝有关，普遍讲是缺维生素。我感觉是胃火大，和喝酒、饮食有关，胃火一大，口腔就溃疡。每次习惯了，没这么厉害，这次疼痛不止，浑身没劲，还流口水。我真不想去了，但我又不得不去，日报把我当成专家邀请，写作协会说是副理事长也得去，我还挺着去了。身体不好，不愿意说话，我说的很少。我本身不是能言善辩，另外，我感觉身体状态好时，思维敏捷，说得还凑合。这次我感觉说得不好，有很多想说的话没有表达出来，口齿也不伶俐。主持人侯春辉说我说得很好，思维清晰、惜墨如金，恰到好处。也许他是心里话，但我觉得有点恭维。

去了总比不去强，我还是有新的收获：

读书会总的来说效果一般。本来说去四五十人，甚至说还多，最终只去了三十几个人，有几个我想见的关键人物都没去。去的人可用三分之一划分，三分之一有深度，有碰撞的火花；三分之一读过《呼兰河传》，却又说不出来啥；还有三分之一根本没看过。不过还是有意义，让大家重视萧红，让《呼兰河传》走进千家万户。

萧红纪念馆是萧红百年诞辰时新建的，当时没人邀请我，我也不想凑热闹，所以没来。这次来看，有些新东西，更为主要的是和萧红故居形成了一个整体，让参观者能够更加全面地了解和认识萧红。

西岗公园的仙人掌，上次来在修房子，没进去，在外面看了看。这次进去了，仔细观赏，并拍了照。大有睹物思人的感觉，而且那是一棵长寿树、常青树啊！

不过我还是有些纠结：

写作协会和作家协会应该怎么分工，看萧红、评萧红按理应该是作家协会的事，作家协会不来，写作协会反倒老来！

大庆写作协会我印象成立十多年了，从成立时起就是李重华任秘书长，把持时间有点长了。每年协会的一项例行工作都是拜谒萧红故居，这和李老师的情结分不开，从好处说是弘扬萧红，从狭义说，老是那么几个人，老是溜达一圈就走，也真没啥意思。我建议赶到有纪念意义的日子搞一次，像今年这样，增加点厚度，干点实际活！

2014年6月1日

萧红故居行

我是1986年第一次去的萧红故居，后来又过去两次，算这次已经是第四次了。这次是在黑龙江省大打萧红牌，把黑龙江文学院改为萧红文学院，以省作协牵头重新成立萧红研究会，设立萧红文学奖背景下去的。每一次都有新的感受。

萧红故居是1986年6月11日（旧历端午节）萧红诞辰七十五周年时对外开放的。当时，修复了原貌的九分之一，即萧红出生的五间住房和收回近八百平方米的院落，1991年又修复了萧红笔下的“后花园”。从2007年8月开始，又征地修复了《呼兰河传》中描写的“磨坊”“粉坊”等房屋，11月主体工程完工，2008年5月开始庭院绿化等后续工程，2009年7月全部竣工。整体工程竣工后，再现了萧红故居全貌。我们这次看的正是全貌，这是令人珍惜和喜悦的一件事。

我们这次还去了1993年对外开放的萧红墓，时隔十六年除花岗岩石材外，其他用红砖砌成抹灰仿花岗岩的部分已经风化破旧了！这足以看出建造时资金紧张，和后来维护不到位的痕迹。这是令人惋惜和伤感的一件事。

在西岗公园，我们再一次欣赏了1896年种植生长的仙人掌，我们为本应生长在热带而生长在寒带，并且有一百多年寿命的植物而感到神奇；我们为当地政府为保护这棵植物筹集资金正在修建花棚而感到高兴；我们为植物的延年益寿而欣喜，为才女的英年早逝而感伤！

2009年10月2日

萧红故居

萧红故居—萧红以前住的闺房

萧红故居—马房

萧红故居—萧红父母住的正房屋里

西岗公园里一株1896年种植的仙人掌

人生漂泊第一站

——访萧红青岛故居

萧红的一生是在漂泊中度过的。萧红在和萧军结合前曾逃婚到北京读书，但又被家里许配终身的汪恩甲骗回了哈尔滨。“九一八”事变后，东北沦亡。萧红不愿过亡国奴的日子，在好友舒群的邀请下和萧军一起来到青岛，从此踏上了不归路，从这点上说，青岛是萧红漂泊的第一站。

萧红的一生是寂寞的，但从二萧的作品和朋友的回忆文章中可以看到，二萧在青岛的半年时间里是幸福、快乐的，拥有其短促一生中仅有的一段宁静、安稳、富有创作力的生活。梅林回忆说，他经常与萧红、萧军一起出游，他们在大学山、栈桥、中山公园、水族馆和海滨唱歌、散步、谈论文学，有时还去汇泉湾游泳。最为主要的是萧红在青岛完成了成名作《生死场》。

说来也巧，我到青岛出差多次，基本都是匆匆忙忙，这次有时间感悟青岛的人文文化，在我的提议下由朋友安排拜谒了萧红故居。1934年6月，端午节的前一天，二萧来到青岛，住在观象路1号的一座红瓦小楼内，第二天是萧红二十三岁的生日。八十年后端午节的前两天我来到了萧红青岛故居，并且端午节那天我还要去萧红故乡呼兰参加一个以萧红《呼兰河传》为主题的读书会，这不能不说是一种巧合。睹物思人，岁月流逝，精神犹存。萧红青岛故居在一条上山的转角路旁，楼下有一个水果摊，楼内据说住了七户人家，最大的八十多平方米，最小的几平方米。临街是一个十字路口，过往的车辆和行人很多，想留影很难。朋友说，他经常在这儿走，但竟不知道这儿是萧红故居。卖水果的人说，这些年来的人越来越多，都是打听二萧住过的房子情况。据说，2003年青岛市政府在门口边镶了一块黑色金字的方牌：“萧军、萧红、舒群故居”。我不知道萧红流浪了那么多地方是不是每个地方都应该挂一块牌子，将来生活富裕了，文明程度高了，这些居住地是否会变成真正的故居。

2013年6月11日

萧红青岛故居

我的《马伯乐》

我的书《马伯乐》丢在飞机上，后来又找回来了。

我出书的梦想源于萧红。因为研究萧红，尝到了甜头，写评论，想结成个集子，出本书。但被世务所绊，没有如愿以偿。

去年，无心栽柳柳成荫，出了一本写亲情的纪实散文集《念想》。今年我计划出研究萧红的书和《家园文化》，看来也要泡汤了，我试着努力，哪怕出一本也行啊！

今年我休假了，我是有生以来第一次休假。休假，工作要放松，但我还想着自己的事，爱好不困，爱好也不累，我带上了《马伯乐》，我还想带一本《商市街》，但没有单行本，只能带全集中的一本。

我有一个习惯，在飞机上愿意看书，看得飞快。去新疆，这么远的路程，我想这两本书都能看完。我一上飞机就把需要的脖套、水杯、拖鞋和书放在前面座椅后背的物品袋中，这是习惯动作，也是常出差的表现。坐稳了，拖鞋要穿上，脖套要戴上。水杯是经常用的，书也要从头看到尾，除非累了。从乌鲁木齐到喀纳斯，我一样把书放在了口袋里，但我没看，因为我很累，头天没有休息好。临下飞机时，我又热衷于拍照，所以把书落在飞机上了！

《马伯乐》是萧红去世前写的最后一部小说，没写完。这是一部属于萧红“另类”的小说，塑造了一位抗战时期经典的男性形象，突出人物刻画，发挥萧红在《呼兰河传》中已有的幽默、讽刺手法，用心书写国民性格，是鲁迅风格的传承，与鲁迅笔下的阿Q有异曲同工之妙。写这部小说，萧红应该是有想法的，目的是改变已有的写法，改变大家对她的看法。也许因为没写完，也许因为是“另类”，至今评论很少。但我想致力于萧红研究的人，不仅要研究《生死场》《呼兰河传》，要研究《商市街》《回忆鲁迅先生》，还要研究《马伯乐》，否则，对萧红的认识也难称全面。

下飞机坐汽车走了好远，我才想起来《马伯乐》落在飞机上了。去景区，路两边到处是景，但我无心观景。我很懊丧、很郁闷，我不应该串座位去拍景，即便拍景也不应该忘了书！这趟出行一切顺利，偏偏把最心爱的东西丢了，否则，不就圆满了！大家劝我回去找，我恨不得马上飞回去，但还是碍于情面随波逐流了！

返程还要坐飞机，我们提前五六个小时就到机场了，我想这回有时间了，但出人意料的是机场不开门，提前两个小时才开门，真是邪门了，我还头一回遇到。临上飞机前人多，排队、发行李、安检，好不容易有时间问问，但没结果。

从新疆回大庆，途经青岛，气候变换了，景色清新了，我心情也开朗了。在这里我收到了佳音，《马伯乐》那本老书找到了！

回到家里，国庆假期我把丢书经过和我的身份证复印件发给新疆南航问询处，三天后我就收到了书。有南航的细心、周到服务，我的郁闷化解了，我的行程圆满了。我的《马伯乐》评论即将出炉了，我的出书梦就要梦想成真了！

2014年10月21日

满怀深情雕玉树

——评芮柏芝的《昨夜西风凋碧树》

对于研究萧红的作品，或者以萧红为题材的作品，我是敏感的，也是必看的。《大庆日报》和《大庆晚报》连续介绍大庆作家芮伯芝以萧红为题材创作的长篇纪实文学《昨夜西风凋碧树》引起了我的注意。之后此文又在《大庆晚报》上和知名作家海岩的作品、网络畅销书《山楂树》以及国学热门作品《细讲弟子规》并排连载，这是少见的。

这是一部由中国文联出版社出版，大庆报业集团印刷厂印刷的文学作品，印数一千册。这部书无论是排版、印刷，还是装帧都够得上精良，内容也属上乘。但是，尽管文章在《大庆晚报》上连载，我估计看的人却也不会很多，这是时代的悲哀，也是当前文学市场的现状。

能够看得出作者写这部作品是用心的，在材料搜集整理方面下了很大功夫，酝酿时间也比较长，创作饱含感情。关于写作目的，作者在后记中以托梦的方式做了回答："她（指梦中萧红）思虑片刻，又说：书稿我已详阅，你的笔——复活了我的多趣童年；还原了我的爱情生活；透视了我的多舛命运；肯定了我的不屈性格；估足了我的文学价值；解密了我的内心世界……"通读全篇，应该说这种自评效果实现了。在萧红研究领域，给萧红作传的要多于研究萧红作品的，究其原因，主要是萧红生平具有传奇色彩，有猎奇的内容，有尚未定论的环节，有发挥想象的空间。给萧红作传要把握几个关系和环节，一是萧红和祖父祖母、

满怀深情雕碧树

——评芮伯芝《昨夜西风凋碧树》

亲生父母以及继母的关系，二是和萧军、端木蕻良的关系，三是二萧与鲁迅的关系。这里面最难写的是萧红和萧军、端木蕻良的关系，因为这里有一些疑点，也是读者关注的热点，因而发挥空间也就较大，观点不尽相同。再就是萧红和父母、继母的关系，和祖父母的关系。因为萧红本人着墨比较多，已成定论；和父母、继母的关系有所交代，但还有不清楚的地方，由此也就留下了遐想。在这几方面，芮伯芝做了认真研究，态度是严肃的，把握的恰到好处。在具体事件和人物关系上史实居于主线，细节有创造和发挥，从而既丰富了人物形象，厚重了作品内涵，又烘托了主题，实现了预期目的。

这部作品采用了纪实的手法。纪实文学和传记文学的最大区别是，纪实文学在基本史实框架内可以有更多发挥空间。这样的好处是可以写得生动，引人入胜。作者在创作过程中力求忠于原貌，驾驭素材，把“编年纪实和特写镜头通汇，文献性质和文学笔法融合”，成功地创作出了波澜壮阔的纪实长篇，萧红别开生面，让人耳目一新，是和作者采用纪实手法分不开的。

这部作品的另一个特点是充满浓郁的情感色彩。我没有读过作者的其他作品，但仅就这部作品就可以断定作者是一位感情丰富的女性，并且，在创作上也时时刻刻把这种情感带于笔端，倾注于作品之中。作者对萧红充满敬佩、敬畏之情，把萧红称为精神祖母。如何把心中的偶像树立起来，自然也就成了作者的职责。因此，我们读作品时信手拈来，随时都能感受作者的情感色彩。赵匀濯先生写的跋中所列的几个标题，“基调悲沉而壮美”“风格悲阔而飘洒”“色彩悲凉又浓郁”都是基于感情的因素。正是由于感情丰富，才描绘了多样的色彩，形成了多种基调，造就了作者“悲心贯日月，芳魂化霞红”的主题风格。

作者芮伯芝是一位具有较高文学素养和较强创作驾驭能力的作家。从掌握的情况和阅读作品感受来说，作者是一位抒情散文作家，也是一位具有深厚古典文学素养的作家。作者对萧红的态度是怀念、惋惜、敬重、敬仰；主旨想法是复位、还原、伸张正义；采取的手法是以抒情为脉，以诗为经，以悲为基调，“运墨轻重缓急有致，走笔天马行空自如”。作者不是在写诗，但却具有诗心，作品中每一章都用诗歌结尾，处处体现诗的格调，富有诗的气质。作者善用技法，重意境，讲修饰、讲润色、讲简约、讲鲜活，自然形成了独具特色的文体风格和具有磁性的语言魅力。

作品也有不足之处，主要是表现萧红童年、青年时期几章发挥得淋漓尽致，纪实手法明显，后面一些章节拘泥于史实，略显单调，不够鲜活。章节分配也不够平衡，个别章节显得单薄。

2011年10月17日

童真和深邃

童真和深邃很难放在一起，但有的人却集二者于一身。读萧红的作品，我们往往能找到作者的两种身份、两个形象。在描写童年景观和作者同情心的时候，萧红是以童真的形象出现的，写景天真烂漫、自由驰骋，写人真实生动，牵动人心，给予同情；而写到作者已有观念的事物时，另一个形象就出现了，那是个长者形象，是一个饱经沧桑的形象，看问题透彻深邃、入木三分，写作品辛辣讽刺，体现了作品的深刻性。

童年对一个人价值观的形成是重要的，对一个人的影响是深刻的，对一个作家的影响是刻骨铭心的，因为他的创作命题、创作意象、创作手法等很多都来源于此。萧红就是这方面典型的代表，她的作品精彩的内容都来源于童年的回忆。萧红的童年是快乐的，尽管父母由于根植于头脑中的男尊女卑观念对萧红并不看好，但也没太约束她，使她有机会和祖父一起自由玩耍。如果被父母管束起来，大门不出二门不迈，那也许就真的成了大家闺秀，对下层人也许就是俯视和藐视。正因为没人管她，夏天她和祖父在后花园自由驰骋，冬天去储藏室去寻宝，并审视有二伯的人生。其他时间和贫苦人在一起，有时得到机会还可以出去逛逛，看看整个呼兰河城。由此，她形成走向反叛、追求自由、同情下层贫苦农民的价值观。祖父对萧红的影响同样是深刻的，祖父是她的启蒙老师，祖父对她的管教是放任、引导，在学《千家诗》上是引导、培养兴趣。更为主要的是她在祖父那里感受到人生除了冰冷和憎恶之外，还有“温暖和爱”。萧红在作品中给出的童年形象是天真、活泼，是一个调皮、机灵、聪明好学、“解事颇早”、爱憎分明的孩子。萧红小时候非常淘气，偷鸡蛋、搞破坏，母亲要修理她，她就爬到树上；她接触下层人，同情贫苦人的命运，对父亲的无人性，祖父的打车夫行为都非常气愤和憎恨；她懂事颇早，善于察言观色，懂得大人的心，她对有二伯有时也玩点小伎俩，以要挟他满足自己的心愿。正因为萧红以童真的形象出现，写的作品才充满童趣、真实可爱，打动人心。

如果说童真是天生的，但是深邃却不是与生俱来的。深邃需要知识积累、阅历丰富和时间沉淀。我常常惊奇萧红为什么会有那么深邃的思想？因为她的生命太短暂了，按过去算也许到了中年，按现在看她还仅仅只有青年，就过早地离开了人世。萧红小的时候是解事过早，长大了经历太多，负载太重，那是苦难人生、服毒人生。但仅有这些还不够，她自幼善于学习、善于思考、善于分辨是非，还有祖父的宠爱、导师鲁迅的熏陶，正是这些才成就了她的深邃。萧红的成熟是在上海完成的，在上海她取得了立足文坛的地位，在上海她经历了感情的磨练，在上海她深深地感受了鲁迅的深刻。她对文学更加虔诚了，塑造国民性的想法更加执着了，爱憎更加分明了，女权主义的观念已经挥之不去了。萧红的深邃在作品中化作象征、化作幽默、化作讽刺，思想具有前瞻性，表达童真可爱、幽默回味、讽刺深刻，尤其对人生的感叹让人共鸣、感怀。萧红的深邃是跨越时空的，至今闪烁光芒。

童真和深邃放在一起是要有连接方法的，连接的途径应该有多条，萧红找到了连接的密码，搭建了独特桥梁。首先理念中要有，并且根植心中，随叫随到；其次是要搭建一个场，可以是一个村庄、一个城镇，可以是一种意念，也可以是一种情绪；第三学会反串，把握时机、把握角度、把握场合，随心所欲，该男声就男声，该女声就女声，该粗声则粗声，该细声则细声；第四练就语言基本功。童真是小孩的语言，深邃是智者的声音，真正过硬的基本功就是到什么时候说什么话。

2015年8月9日

创作在爱与不爱之间

——兼谈亲情、友情、爱情对萧红创作的影响

一个人只有爱和被爱才完美，萧红得到的爱比较少，始终在追寻爱，而她又时常表现出对某些人的不爱，因此，她的心是苦的，精神也是不快乐的。

文学创作内容大于形式，这是不用争辩的道理。的确有追求文本的，语言再美、文体再特别，也必须言之有物，否则，总要淡去骄人的美貌。内容在于什么？在于追求真善美，在于言情。真善美是主题，言情是筋脉，文体是手段，情之所至，金石为开。因此，文学作品植入的情感非常重要。

一个人握着拳头而来，撒手而去，来的时候什么也没带，走的时候什么也没留。即便留了，也会随着时间的飞逝，就算是仇人也淡忘了。萧红作品表达的绝大多数是童年时期和青春期的爱恨情愁，至今读者看了，还是充满疑惑、充满好奇，甚至耿耿于怀！从产生的效果说，你不能不承认萧红对情感表达的真实、动人。

这情感是和她的经历有关的，她所经历的亲情、友情和爱

情，都对她的创作给予了不同程度的影响。先说爱，萧红所得到的爱太少了，所以她追寻爱、珍惜爱。仅有的一点爱，都让她用足了，并且铭记于心，至死不忘。祖父是她的最爱，祖父给予她的也最多，在祖父的庇护下，萧红的性格得到了充分发展，几乎是为所欲为。据她的亲属回忆，童年的萧红比男孩还要淘气。如，一边往梯子上爬，一边往下拉屎，还大声喊叫：“爷爷，我下蛋了！”七八岁的时候，还跳墙、爬树，尿裤子。正如民间所说“七八九，嫌似狗”。萧红小的时候像一个男孩一样，甚至比男孩还淘，属女人男性化。记得一位心理学家说过，男人女性化和女人男性化，是创造性思维的源泉。萧红这种性格的形成是和祖父分不开的，祖父的平等、开明和放任，成就了萧红活泼好动、自由、骄纵的性格，也影响她的艺术思维，她一生都保持了儿童的天真烂漫，特别是她爱自由的天性与顽皮、幽默，是她的文学通往永恒人性理想的心灵之窗，也是内心深处潜藏的诗性之源。萧红自己说，鲁迅给予她的是祖父式的爱，所以，除了祖父，鲁迅就是她的至爱了。她在鲁迅那里得到了信心和力量。是鲁迅的力挺让她在文坛立稳了脚跟，是鲁迅的赞赏让她一往无前地坚持自己的创作方向，是鲁迅的耳濡目染使她的思想更加成熟，手法更加老到，直到写出经典的《呼兰河传》。二人之间的故事也成为传颂的佳话。说完爱，我们再说恨和仇。按说，萧红怎么能对家人有什么恨和仇呢？实际上是她幼小心灵的喜欢和不喜欢。弟弟是她的一奶同胞，她作为姐姐也和其他姐姐一样挂念弟弟，因为父亲没有人性，又是后母，所以她就更加惦记。母亲有老观念，又无暇抚慰她，只是她偷家里吃的东西给小朋友时，对她恶言恶色，甚至追着打她，所以她对母亲印象不好。祖母对她没什么不好的，就是她用手指捅窗纸时用针扎她，她记住了，所以不喜欢祖母。这些都成为了她创作的题材。萧红真正恨的，并反目为仇的是她的父亲，父亲是家庭的主宰，父亲是她的对立面，萧红和家庭决裂后，父亲竟不给一点回转的机会，所以她恨父亲、仇视父亲。萧红对父亲耿耿于怀，所以每次着墨父亲时都没有好形象，也没有好语言。从父亲那里她转向同情底层民众，从父亲那里她滋生了女权主义思想，并日趋成熟，在作品中常常为女性伸张正义，偶尔嘲讽男人，抨击男权社会。最后说说情，先是友情，萧红北方女性粗放的性格，直率、豪爽，结交了不少男性朋友，这些男朋友有的对她生活有帮助，有的是她的文学挚友，在一起经常谈论文学创作问题，对她的创作素材的积累、创作手法的借鉴和文艺理论的提升都是不可或缺的。说爱情，不能不说萧军，萧红和萧军在一起生活时间最长，两人在文学上赛跑、比肩，萧军把萧红领上文学创作的道路，两人合集出版了《跋涉》，在青岛两人互相影响分别创作了《生死场》和《八月的乡村》，并在鲁迅的帮助下以此立足上海文坛，叫响中国。再后来，萧红回忆往昔，以二人在哈尔滨相濡以沫的生活为素材创作了独特的散文集《商市街》，还以和萧军爱情苦闷为素材倾吐了组诗《苦杯》。和端木蕻良在一起，尽管萧红有点絮叨，但创作还是丰盛的，发表了巅峰之作《马伯乐》和《呼兰河传》。萧红曾给萧军和端木蕻良都誊抄过书稿，他们作品写完后互相欣赏、互相提建议，他们之间耳濡目染的影响是不言而喻的。萧红文学创作独立的个性在借鉴中得到升华。

爱和不爱都是情，萧红把这情留给了人间。

2015年11月10日

对比萧红

萧红和丁玲

鲁迅在接受埃德加·斯诺采访时，曾谈到过冰心、丁玲和萧红，并给出了预言："萧军的妻子萧红，是当今中国最有前途的女作家，很有可能成为丁玲的后继者，而且她接替丁玲的时间，要比丁玲接替冰心的时间早得多。"丁玲也曾预言萧红："有一次我同白朗说，萧红绝不会长寿的。"但同时她又不无感慨地说："当我说这话的时候，我是曾把眼睛扫遍了中国我所认识的或知道的女性朋友，而感到一种无言的寂寞。能够耐苦的，不依赖于别的力量，有才智，有气节而从事于写作的女友，是如此寥寥啊！"从中袒露了在苦闷中对萧红的追忆、欣赏和认可。

萧红和冰心、丁玲同处一个时期。冰心大萧红十一岁，丁玲比萧红大七岁。冰心出道最早，远离政治，创作美文，作品颇丰，活的年龄也最大，是"五四"新文化运动的活化石。丁玲比冰心出道晚，去世得比冰心早，热衷政治，始终处于政治的漩涡中，成名作影响力较大，写于解放区的作品具有领军地位。萧红出道最晚，活的年龄也最短，但却留下了经久不衰的文学遗产。

1938年萧红与丁玲在西安

萧红和丁玲交际过，从山西临汾到西安，她们在一起唱歌、一起痛饮、一起聊天，相互倾诉。丁玲对萧红的外观感受是“苍白的脸，紧紧闭着的嘴唇，敏捷的动作和神经质的笑声……但她的说话是很自然而真率的”。萧红的行为让丁玲感到疑惑：“我很奇怪作为一个作家的她，为什么会那样少于世故，大概女人都容易保有纯洁和幻想吧。”萧红没有在文章中写过丁玲，和骆宾基谈话时谈到过丁玲，萧红敬佩丁玲，认为她有男人性格，展现英雄气概，同时，丁玲也具有女人魅力，从她的眼神能够感受到女人的气质。丁玲后悔没有劝萧红去延安，她说：“延安虽不够作为一个写作的百年长计之处，然在抗战中，可以使一个人少顾虑于日常琐碎，或者会使她能更健康些。”萧红如果去延安，身体也许能够健康些，也许会延长寿命，但从她的性格说，少于世故，我行我素，政治命运不会太好。

萧红和丁玲同属女性，同处“五四”新文化大背景之下，经历也有一定的相似之处。她们共同关注女性命运，追求人格独立和自身的解放，这是她们共同的内心情结。她们把这种心结寄托作品人物之中，表现手法丁玲更大胆、直白，萧红更坚决，并夹叙夹议，时常发出诘问、感慨，引发关于女性命运的思考。

丁玲从一开始走上文坛，就碰巧写出了时代女性叛逆的叫绝者，引发强烈反响。之后，就走上了革命道路，体验政治生活，用文学图解政治。我们不能不承认，丁玲是文学高手，也是革命斗争的坚定者，因而她后来写出了《我在霞村的时候》《太阳照在桑干河上》等优秀作品。萧红却把精力放在挖掘国民的劣根性上，力求重塑国民的灵魂。她写地域文化，写家乡故事，写出了《生死场》《呼兰河传》这样的千古绝唱。

萧红和丁玲的性格不一样，萧红细腻，丁玲粗犷；萧红在社会问题上喜欢独立，不愿参加社会活动，丁玲却热衷政治；萧红在个人问题上对男性依赖性强，丁玲却能够做到独立；萧红在文学上有自己的主张，坚定走自己的路，丁玲却愿意融汇时代大背景中，为时代而呼喊。

萧红和丁玲在文学上存在着应时和长久的问题，应时昙花一现，长久历史弥新，就像她们的生活命运一样，在文学上也走出了不同的命运。

杨义在《中国现代小说史》中说，以30年代最有成就的两个女作家比较，我们感到，丁玲是一座突兀的山，萧红是一江明澈的水。山有“群峰共驰骛，百谷争往来”的气势，水有“缥碧千丈见底，泉水激石成韵”的魅力。高山流水，各具力度和风致，开拓了女性作家创作新格局。

2014年2月25日

萧红和张爱玲谁更优秀

我给自己出一道难题！没办法，她们都姓张，都是才女，同处一个时代，又都那么有影响力。

无巧不成书，最近看到一篇芦哲峰的博文，说萧红和张爱玲同出一族，萧红一族，是明洪武二十二年（1389），由山西洪洞迁居山东东昌，到清乾隆年间，元祖张岱迁去东北；张爱玲一族，是明永乐二年（1404年），由山西洪洞迁居到山东海丰，到明万历年间迁往河北丰润。应了那句老话：一般树上有两般花，五百年前是一家。

她们有共同的经历。都爱学习，突破了传统阻力的束缚，主动学，自觉学，把学习积累汇成了创作源泉；她们都敏锐、富有才气，关注底层，描绘了栩栩如生的乡村画卷、城市生活和各色人物；她们都缺少父爱和母爱，在反叛中得到了成长；她们都死得比较悲惨，在孤寂中怅然离去。她们也有不同，相比之下张爱玲在个人问题上自主性更强，敢爱敢恨，也能够自觉走出悲剧的阴影，独立生存。萧红相比依赖性更强，很难独立生活。总体而言，她们都是性格鲜明的女性，都留

张爱玲

下了传奇的故事。

她们都属于体制外的作家，不热衷政治，不跟风，埋头于自己的创作。在建国初期的文学史上，她们的地位和影响有限，80年代后期，即改革开放之后，她们先从国外红起来，逐步得到国内越来越广泛的认可，在文学史上有了个人的篇章，并且随着时间的推移备受推崇。她们都从中国传统文学中汲取了营养，一个从诗，一个从文。她们也借鉴了国外文学的精华，并做到与传统文学的完美结合，创造了独具特色的文体，相比萧红更加突出。萧红师承鲁迅塑造国民的灵魂，挖掘深刻的内涵，力求促成国人的觉醒和奋进。张爱玲写人性，相比之下，萧红的主题更具永久性和民族的深刻性，张爱玲的主题更具大众性。她们生活经历不一样，眼界有别，因而写出来的作品也不一样。萧红写农村题材，写个人经验，写乡愁，也写了反映和呼应抗战题材；张爱玲写城市底层人的生活，尤以反映女性的底层人生活为主。她们的作品都填补了不同领域的空白。萧红的多数作品没有集中的人物，没有统一的线索，缺少矛盾冲突，但却靠自然流畅吸引人，靠写景和叙事感染人，靠创新文体感动人。相比之下，张爱玲更注重谋篇布局，更注重人物的心理描写，更注重塑造人物，这也是张爱玲小说搬上银幕的多，萧红小说搬上银幕少的原因。萧红的小说如果没有其对作品的深刻理解，没有现代写意手法和唯美画面的运用，是很难改变和拍出好电影和电视剧的。很多人不敢涉猎这一领域，挑容易的做，拍了几部她传奇经历的作品。

实际上就作品的深刻性、追求的先进性、自身的人格而言，也许张爱玲就无法与萧红相比，但仅就文学性来讲，她们俩的确各有千秋。

谁更优秀？这问题很难答，但丑媳妇总得见公婆。我不想吊胃口，也不想卖关子，按中国小说、戏曲的传统写法，总得给一个喜剧的、满意的结局。虽未必公允，但有见解总比没见解好，依我看，论才能的短暂作为，论作品的持久影响，萧红比张爱玲略胜一筹。

2014年5月7日

由《逃难》联想《华威先生》和《潘先生在难中》说起

一看到萧红的《逃难》，我就想到张天翼的《华威先生》，总感觉它们之间有相通的地方。再往前追溯，又想到叶绍钧的《潘先生在难中》，同样是教师、同样是灰色的小知识分子、同样是自私自利，只是逃难的时代背景不同而已。论经典和影响力，《潘先生在难中》和《华威先生》都够得上，萧红的《逃难》相比要逊色一些，但它是作者在另个领域的探索，并且一上手完成的就足见功力。

论资历，叶绍钧老先生和鲁迅同期，够得上萧红和张天翼的师长。《潘先生在难中》写于1925年，写的时代要久远点，以20年代军阀混战下的江浙地区为时代和生活背景，通过一个小学教师潘先生在逃难过程中的所思所想所作所为，揭示了封建军阀的罪恶，同时也批判了小资产阶级知识分子卑怯、自私、苟且、偷安的思想弱点，塑造了潘先生这一患得患失、明哲保身、自私精明的小市民知识分子的形象。萧红和张天翼都在左翼联盟，又都是左翼的年轻人、活跃分子，《逃难》和《华威先生》都创作在抗战时期，写的都是知识分子，表现手法也基本相同，但主人翁所在领域，创作初衷和发表后引发的反响是不一样的。《逃难》创作主题和《潘先生在难中》一脉相承，类似潘先生在抗战时的续篇，只是潘先生变成了何先生，时代背景变了，在民族危难时何先生的种种表现更具有反讽作用。《华威先生》就其内容更具代表性，作品1938年发表。国民党官吏华威整天忙碌于开会、演说、吃饭，企图操纵一切群众活动。其所作所为遭到人们的鄙视和抵制，最后，他不得不为此感到害怕。作品以夸张讽刺手法，刻画了一个自命不凡、刚愎自用的国民党官僚形象。

就写作结构来讲，《潘先生在难中》更加严谨。作品截取了潘先生在逃难中的三个片断来写人物。第一个片断，写的是战争要来时，潘先生带领妻子和孩子逃离小镇，奔往上海的情形。第二个片断，写潘先生独自回到小镇的情形。第三个片断，先写潘先生听到正安失守的消息后，仓皇逃入洋人的“红房子”里避难，后写战事停止后，潘先生为欢迎杜统帅而写颂辞。《华威先生》是漫画式。写了华威先生赴三个会和为两个会居然没有邀请他而大发其火的场面。总共五个小时的人生片段，就像一个画家，东涂一笔，西抹一下，一个官僚型的文化人形象就奇迹般形成了。《逃难》是随性的。萧红先给何南生一个特写，然后交代他的毛病，再写他在学生面前的虚伪表现，之后是逃难前反复三次回家取东西的夸张描写，最后是对照、呼应开头，和朋友说他没被挤着，即便撒谎时脸上那块肌肉也不动一下，然后又是一个自我安慰式的结局。

就写作手法来讲，总体都是采用了讽刺的手法，《潘先生在难中》侧重对人物内心活动和精神状态作细致具体的描摹，使人物灵魂真实地暴露出来。比如作品第二部分，写潘先生冒着风险返乡后，忙去探听“局长究竟有没有照常开学的意思”；当消息得到证实，并且同时还得知局长要裁员时，作品这样写人物的内心：“潘先生听了，仿佛觉得一凛；但又赞赏自己有主意，从上海回来到底是不错的。”这段描写，先写出了人物听到局长要裁人的惊异，继而又写出了人物为自己冒险回乡，选择对了投机机会而产生的庆幸和沾沾自喜。为了更真实准确地表现人物，作者还非常善于抓住最能表现人物心理的一些神态来进行描写。如写潘先生两次喊黄包车的情形，就非常准确地写出了人物在不同情况下的内心。第一次喊黄包车，是潘先生一家人经历了逃难失散之后，他的声色是“威严”的，嗓门极“入调”，而且还附以傲慢的手势，他伸出两个指头扬着说：“只消两辆！两辆！”这神态把人物从毁灭和危难的当中捡回性命的快慰及自鸣得意写了出来。第二次喊黄包车是在听说战火逼近了，这时他惊惶失措，“心头突地乱跳”，见到车后连连喊：“车！车！”这前后两次同是叫车，但显然，前者倨傲、做作，后者惊恐、失态。作品通过对人物在不同情形下不同神态的描写，准确地表现出了人物的内心世界，使人物形象更加丰满。《华威先生》巧妙地运用语言和动作描写，运用夸张和对比手法，辛辣地讽刺了当时的国民党顽固派。在对比上，通过主人公行为处事上的前后矛盾和不协调，让其“搬起石头砸自己的脚”。主要体现在仪表、风度上优雅和失范的矛盾，工作中快与慢的矛盾，对待他人和事情媚上和欺下的矛盾。在情节上设置上没有完整的故事、一贯的情节，但精心选取主人公参加的三个会议和两个没有参加会议的不同态度，进行场景变换，同时“我”的形象辅助作用，强化了讽刺效果。在语言上，作者运用通俗语言，特别是借作品人物之口，采用反复、矛盾的语言艺术，揭示人物内心世界，从而表现主人公假抗日、真独裁，类似“披着羊皮的狼”的可憎面目。《逃难》注重人物特写、口头禅、细节展示人物形象，强化讽刺效果。萧红不善于人物肖像刻画，但这篇作品却恰恰相反，不但重视而且采用工笔，如对主人公眼神和肌肉的刻画，还有不高兴时走路姿态的描写，都很形象，起到了烘托和铺垫的作用。口头禅是两句经典的语言“到那时候怎么办哪?”“真他妈的中国人!”，并配合心理描写，场景变换，尤其是在长篇小说《马伯乐》中得到了升华和发挥。再就是细节，比如到车站后反复回家取东西的细节，最后很多东西挤丢了，但他还能找到自我安慰的方法，很好地通过细节展示了心理，突出了人物的讽刺性。

就写作风格来讲，叶绍钧先生主题专注某一领域深度挖掘，手法深思熟虑，侧重谋篇布局和细节精细刻画，体现了冷静、写实的风格。具体可用平实、凝重、婉曲、含蓄来概括，作品虽显沉闷但不油滑。张天翼的《华威先生》首先成功在选题上，体现是善于捕捉而又大胆展示，其次截取，截取的典型、把握的详略有度，再次天才的展现，看似人为用力，但又觉得恰到好处。风格是明快活泼，尖厉峭刻。萧红的《逃难》是她的生命后期刻意探索的题材，萧红从《生死场》就表现出讽刺的才能，但那是一种轻松欢快的幽默，到后期，尤其是得到鲁迅的耳濡目染之后，变得老到、深刻了，反讽和讽刺能力随之增强了。《逃难》虽然还比较随性，但结构应算严谨，人物刻画显见功力。萧红真正靠的是如数家珍的捕捉和描绘细节的能力，还有就是写作天赋，神来之笔。但她毕竟是女性，深刻中总能找到宽容的影子。表现风格是轻松而尖刻，辛辣而平静，温和而宽容。

2015年12月31日

萧红和萧军姊妹篇

萧红和萧军是情人、是搭档，他们在哈尔滨一起出版了《跋涉》；在上海又一起以“奴隶丛书”先后出版了《八月的乡村》和《生死场》，这两本书虽然没有合订出版，但可以够上姊妹篇。这两部小说均受磐石游击队的故事影响，起稿在哈尔滨，完成在青岛，发表在上海，并且都是请鲁迅作的序。

这两部小说初衷都是想写抗日题材，目的是为了表现主题的积极性与当时革命运动的主流相合拍。二萧和鲁迅的第一封通信就问到这个问题，鲁迅回答：不必问现在要什么，只要问自己能做什么。但同时也明确回答需要斗争文学。从这点上说，二萧这次创作打的是有准备之仗，考虑到了市场需求，也考虑作品的力度。从作品出版后的反响来看，远远超过了他们预期，二萧的名字不胫而走，两部作品都成了抗日先锋作品，他们也成了抗日作家，而且也确实点燃了青年人的热血，激发了抗战的斗

萧军萧红“美丽照”，1934年夏，哈尔滨

志。但这两部作品的内容和写法是不一样的，萧军有过打游击的经历，又崇尚男人应该去战斗，所以构思和创作了一支抗联游击队的战争生活，有革命加爱情的倾向。这本书是按照传统规范小说的写法写的，只不过没有那么典范和深刻。萧红就不一样了，她没有萧军的生活经历，她了解的是农村农民，所以她从一个东北偏僻村庄写起，写到三分之二的时候，才写到农民的被逼无奈，农民的奋起，但象征意义是颇浓的。萧红写东西没有规范，她也不遵守规范，这体现了她的任性和随性，这部作品尽管是雏蕾，但吐出了芬芳，显现了萧红的个性和风格。

这两部作品都有亮点，有值得后人称道之处。萧军的《八月的乡村》结构、情节和人物好于萧红的《生死场》，但写景、叙事和细节要弱于萧红。《八月的乡村》对日本鬼子松原糟蹋李七嫂的心理刻画，唐老疙瘩为了李七嫂违反纪律乃至牺牲的情节，萧明和安娜的革命爱情等是同时代小说少有的亮点。还有写景、地域特色，汲取俄罗斯作家作品的优点，描绘的有特色。萧红《生死场》的亮点第一是写景，尤其对农村风景的描写紧扣主题、细致入微、充满感情。这景致包括自然风景，也包括农村生活场景。尤其是“荒山”一节农村婆娘炕上生活场景的描绘，让人心动、叫绝，如临其境。第二是叙事。叙事简单、生动，每一篇各成体系，都是很好的素描。第三是对牲畜的爱。牲畜是农民的命根子，农民爱牲畜胜过爱小孩。萧红对牲畜和农民感情的描写堪称一绝。第四是心理描写。对金枝偷情后走神、心不在焉的描写入木三分。第五是幽默。麻面婆让孩子偷倭瓜，那种自私、老实、怕事的心理，以及被人发现后的可笑行为生动传神，让人忍不住发出既同情又可怜的笑声。第六是哲理思考。这是萧红的特色，而且《生死场》是发端。诸如“在乡村人和动物一起忙着生，忙着死”“王婆的半日痛苦没代价了！王婆的一生痛苦没代价了”等。

现在看来，萧红的作品似乎比萧军的多点什么，是一种除了应时以外更长久的东西，是关于人性、人生和人类的思考，是责任、是担当、是忧患，所以过了多少年依旧常读常新，闪烁光芒。

2015年7月4日

从呼兰河到群山之巅

——萧红和迟子建创作对比分析

一般对比分析都是同时代、同时期作家的对比，很少有跨时代分析的。按常理说，后来者居上，后人总是比前人强，但这不是通理，总有特例，而且还得分析具体情况。科学技术总体呈进步趋势，但也有对前人的继承和惊叹。哲学、文学艺术，精神领域的进步也一样，但有时对前人的惊叹却胜过超越前人的发展。春秋战国时期那么落后，但产生的儒家、道家思想却至今管用，而且还不断开发提取精华。从这点上说，又有几人能超越孔子和老子呢！文学具有继承性，所以跨时代作家的对比也是完全可以的，更何况萧红和迟子建又生长在同一地区呢！

首先说讲故事，萧红不善于讲故事，她擅长的是叙述、写景和捕捉细节，但她靠这独树一帜。迟子建就不一样了，她写故事、编织故事的能力要比萧红强。仅就我看过的《额尔古纳河右岸》和《群山之巅》都不是她亲身经历的生活，又离不开她的私人经历，但创造和编织的元素要远远大于自身经历的内容。

其次是结构。萧红作品的结构是随心所欲，迟子建是可调控的反复斟酌，而且有的时候用力过猛。从《额尔古纳河右岸》到《群山之巅》有这种趋向。

第三是叙事。应该说两人都擅长叙事，萧红靠场面、细节叙事推动全篇，迟子建靠线索和情节发展的叙事完成创作。

第四是人物。两人创作的都是群体，就个体来讲，迟子建的人物要丰满些，萧红的人物是着力亮色，不做深入剖析。

第五是抒情。萧红是袒胸露背，直抒胸臆，迟子建是隐藏背后，在写景和刻画人物中不自觉地流露心声。

还有一点，就是两人行文都充满诗意，并且擅写中短篇，即便长篇也比别人的短，长篇和中篇差不多。萧红的《生死场》《呼兰河传》无人质疑，迟子建的《额尔古纳河右岸》和《群山之巅》也是开本不大，页码不是很多，仅就版本足以说明问题。

大兴安岭山脉和呼兰河是相连的，山是水的源头，水是山的流淌。大兴安岭和呼兰河相隔几千里，历经几千年，饱经沧桑，连绵不断。萧红始终追寻着水，从呼兰河漂洋过海，最后葬在海边，隔海相望，迟子建从深山走向平原，但依旧念山、写山。萧红的文字似水，清澈、自然、深邃，迟子建的文字似山，空灵、巧夺、神奇。尽管是隔代人，但山水相连，大浪淘沙，是金子总会折射出太阳的光芒。

2015年10月19日

回归

读《额尔古纳河右岸》感悟

我开始想读迟子建作品和萧红有关，同是东北这疙瘩，同是女人，尽管相隔几十年，但总有相通之处。我读她们俩，一个任性，一个野性。

我想读迟子建作品还和获茅盾文学奖有关，一本新三十二开本，不够厚，怎么就获了奖？

书的名字也让人新奇，一是感觉别扭，好好的一个额尔古纳河非得弄个右岸补缀一下、修辞一下，叫额尔古纳河多好啊！二是猎奇，仅仅写右岸，咋不写左岸呢？左岸是干啥的（笑我对地理知识无知）？

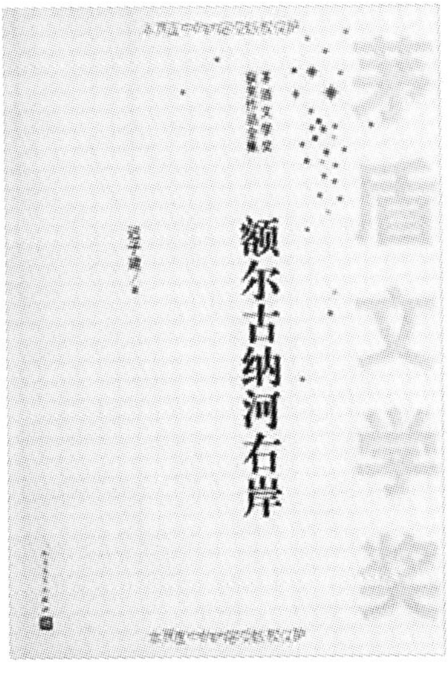

这是鄂温克族的神话、神曲，这是世外桃源，这是人与自然相亲相爱、和谐相处的地方，它够不上生态文明，但起码是生态自然，是一个令人神往的地方。

这部书的故事、神话很多，人物也很多，经历七八十年的历程，跨越了世纪，有过几代人的繁衍生息，支脉不是很复杂。每个人的名字都和风啊、火啊、山啊、水啊相关联，加之少数民族，名字长，看着看着，有点想不起经纬和辈分了，不过不影响你看，你怎么看都有一个完整的故事；你怎么看都是一篇令人向往的神话；你怎么看都有前仆后继充满血性、彰显性格的人物。什么是好作品？读书的时候能够读进去，和作者一起共鸣，和作者一起爱和恨，甚至忘了这是书写的，爱的不行，恨的也不行！那就是好作品。爱和恨不能永久地交织在一起，作者总得有个交代，恨最终要化解，爱要永恒。这部书实现了这一宗旨。

相对来说，我喜欢有地域特色的作品。读《静静的顿河》让我感叹，读《绿化树》让我感伤，读《呼兰河传》让我感怀，读《额尔古纳河右岸》让我神往世外桃源。没人说萧红和迟子建是乡土作家，但她们身上充满和传递着乡土气息。无论是写苦难，还是写神话，都能让人流连忘返。

这是一部交响曲，作者喜欢贝多芬的《田园交响曲》，她的作品恰如一部田园交响曲：

如果说我这部长篇分为四个乐章的话，那么第一乐章《清晨》是单纯清新、悠扬浪漫的；第二乐章的《正午》沉静舒缓、端庄雄浑；进入第三乐章的《黄昏》，它是急风暴雨式的，斑驳杂响，如我们正经历着的这个时代，掺杂了一缕缕的不和谐音。而到了第四乐章的《尾声》，它又回到了初始的和谐与安恬，应该是一首满怀憧憬的小夜曲，或者弥散着钟声的安魂曲。

作者在书后的《跋》中发问，不知道有没有听众？这不是心里没底，而是充满自信的反问。前文作者对第四乐章描述，回答了这部书的主旨。依我看，这个民族正理不应该走下山，我们也不应该让他们迫不得已走下山，如果山保护好，在山中也能走向文明，又不失掉田园，那岂不是更好吗！

迟子建和萧红一样有豪气，有男人的气势，她们都留恋家乡的水、家乡的山，爱家乡的每个人；写地域文化、地域风采，形成了地域风格。她们都有神气有灵气，作品中力透着自己的诗话。她们也有不同，一个善于讲故事、编神话；一个任自己的思绪、情绪流动，用神笔去点染，但一样打动人心，并惊叹其神奇。殊途同归，她们都是东北黑土地的女儿，她们唱响东北地域的神奇，她们一样会获得众生的喝彩！

2015年9月27日

永远的萧红

萧红从小就对离家有一种恐惧感。祖父教她《千家诗》，当读到《回乡偶书》时，她问诗的意思，祖父做答，她马上问将来我也会离开家乡吗？并天真地追问，我老了回来时祖父还能认识我吗？祖父耐心解答，但小萧红还是不开心，祖父只好转换让她学“春眠不觉晓”了。萧红长大了，反叛家庭，被迫离家，谁知一生处于漂泊中，英年早逝，客死他乡！

我常有疑问在心中，萧红为什么对新思想接受得那么快？萧红为什么觉醒得那么早？萧红为什么三十左右的年龄就能写出那么思想深邃的作品？是天生聪慧、天性早熟，是处在求新求变的大环境之中，是看新书、接触具有新思想的人，还是自身苦难经历的感悟？应该说这些都是，也许之外还有我们没有想到、没有意识到的因素。

我还想萧红的命运为什么是这样的，而不是那样的？实际上她还有两条路可走，一条做大家闺秀、做传统的贤妻良母，那样她也许会长寿，但她不愿意；再一条就是像冰心那样做世纪老人，但她的主张、她的个性、她的身体没有成全她。人的命运天注定，三分靠运气七分靠打拼，运是天定的，命归自己管。你生在什么样的家庭，拥有怎样的容貌，遇到什么样的人，这些事不能自主，好与不好，全靠运气；而命完全是另一回事，掌握在你自己手里，每个人都有自身的人生轨迹。萧红的命也一样，是自己走出来的。一生尽遭白眼，早早离开人间，但却留下了神奇、留下了美文、留下了英名。正因为如此，萧红的命才传奇，萧红的文才独特，萧红的精神才星光闪烁。

萧红的命运是一个很好的素材，就像一座金矿让大家热衷挖掘。写了二百多本传记，至今还有很多未开垦，但已不像刚开始那样好啃了，更多的领域已被填补，没有弄清楚的谜团有待时间的检验和长久的开拓。相比萧红的命，萧红的文、萧红的精神更是大的金矿，浅层刚刚打开，大量的上品金子还埋在地下有待开采，而且随着时间的延长，会越来越珍贵。

1993年，我第一次参加了萧红文化节和国际萧红学术研讨会，之后还参加了九十和百年诞辰学术研讨会，相信以后还会举行。但以往的研讨会我觉得与会人员相对有点太固定了，地域基本局限东三省，主办方的层级也有点低（这两年倒是呈现了上升趋势，但还不够）。啥时候上升为国家层面，啥时候能够做到开放、包容，接纳各方面研究人员，啥时候去掉框框，开阔视野、立足现实、面向未来，才能真正确保萧红研究走向深入。

2015年7月18日

附录一……

夫唱妇随

我也爱萧红

刘晓丽

冷漠、孤寂
挣扎、追求
她，尝尽了人生的苦泪，
她，走完了人生的坎坷。

1981年7月13日读《萧红传》

这是丈夫写在《萧红传》扉页上的读感，而我初读她却已是三十年后的今天。

说是初读，仅仅指的是读《萧红传》这本书，读“萧红”这个人。而事实上，对于“萧红”这个名字，我已是熟悉得不能再熟悉了。她是丈夫从青年时代以来一直研究的作家。从我们相识、相知、相爱到相守，一路走来，丈夫对萧红的研究热情不减，激情不退，钟情不变……她是丈夫另一个世界的“爱人”，我不看她的作品，也许是些许醋意酸涩使然。

那日，我身体不适在家休息。下午2点多，丈夫打来电话让帮忙查一本书叫《萧红传》，是肖凤写的。让我看一看是在哪一年印刷的，还有一些其他的内容，我帮他查了查，是天津百花文艺出版社出版的，1980年12月印刷。也就是这一查，让我真真切切地走近了“萧红”。

都说爱一个人，就要爱他的整个生活。丈夫的生活中“萧红”一直都在。或许是已过了醋意翻飞的年纪，或许是出于探查丈夫梦中情人的好奇，或许是长期的耳濡目染骨子里萌生了一种渴望……总之，我翻开了《萧红传》，认认真真地一口气读完了，我也爱上了“萧红”。

萧红是活跃在我国30年代后期文坛上的一位富有才华、独具风格的女作家，也是鲁迅先生曾称之为“最有前途的女作家”。我仔细阅读着肖凤的作品，了解到萧红从小就品尝着生活中的冷酷，在《呼兰河传》里描绘了她自己的童年生活、父亲的冷淡、母亲的恶言恶色和祖母的针刺。从小就没有温暖、没有关爱，为了上学经过反复斗争，终于迫使她父亲勉强地让步了。再看看她去世的年龄，只有三十一岁啊，我为萧红坎坷不平的一生而酸楚。

书中的一个场景最让我记忆犹新。当她和萧军双双跑到印刷厂，看到自己的作品已付印，看到那一小格一小格的铅字，看到那一大沓一大沓的稿纸变成了书页时，她尝到了一种从来没有的兴奋与喜悦。为了彼此庆祝，他们破例地吃了一顿外国包子，每人喝了一小杯“俄特克”酒，把身边仅有的几个小钱通通花光了。他们庆祝出版的这本小说是《跋涉》，其中包括萧红的《王阿嫂的死》《广告副手》《小黑狗》《看风筝》《夜风》，萧军的《桃色的线》《烛火》《孤雏》《这里常有的事》《疯人》《下等人》。那时萧红就像孩子般尽情地宣泄，那时他们的爱情经历了很多坎坷，生活也很艰难，但萧红的心情是欢快的。可最终他们还是分手了，这一点让萧红很难理解。萧红后来总是在青岛、上海、北京、日本等外乡漂泊。她没有得到一生不变、永久称心的爱情，但她得到了鲁迅先生的热情扶植和帮助，我认为，正是因为萧红的这些经历才让她拥有了独特的风格的作品。

合上书，我的内心思绪万千。《萧红传》是我二十年来唯一认真去看的一本书，也是我心灵感触最深的一本书。唯有记下读感，纪念久违的“萧红”。

她，活着很苦、很累。
但，她的生活体验、创作才华
无人能比、无人经历。
那里只有她的挣扎。
旧时伤情旧时累，
新时情伤新时情。

2011年3月24日晓丽读肖凤《萧红传》

妻子和萧红像合影

附录二……

评论之声

《念想·萧红》读后记感

杨铁钢

三十年前，王天臣就热爱、敬仰萧红，并细心研读她的作品，我是知道的。

三十年来，王天臣由一个普普通通的技校毕业生，调转到特大型国有企业当工人、政工干事，直至成长发展为办公室主任、公司副经理、经理、集团副总，当然，其间也必然地经历了娶妻生子、养老送终等诸多生活的变化。但不论工作怎样繁忙、生活多么繁重，天臣不变的是对萧红执着的热爱和与日俱增的敬仰，且伴随着持之以恒的学习研究，这我也是知道的，因而赞许他。也因此，三十年后的今天，当天臣将他所写的厚厚的一沓研究萧红的打印书稿——《念想·萧红》送到我面前时，我并不感到意外，所有的只是欣喜和赞叹。

知人论文，是研读评论作家作品的铁律之一，《念想·萧红》就是王天臣遵循这一铁律努力探究的成果。全书由三篇构成：《第一篇　萧红的命——短暂而传奇》，通过萧红自身、他者天臣、萧红与亲人及十个男人的关系三个视角，表白、观测、呈现出了萧红作为一个女人、一个女性作家短暂而富有传奇色彩的一生。萧红是公认的“内观和自传体型的作家”，其一生虽没写过自传，但她每个阶段又无不在写自己，特别是她的散文无不可以当做她的自传来读。也因此，后人将这类作品集为一体，以《萧红自传》之名出版。从中“我们可以了解萧红的成长历程，体悟她的心灵感受，洞悉她的思想性格”。据此，天臣代萧红完成了她的自画像——《萧红速写》。今天的我们从中获得了对萧红如下确切的认知：幼年的萧红天真、活泼，是一位调皮、机灵、聪明好学、“解事颇早”、爱憎分明的孩子；成年的萧红是一位倔强、善于接受新事物，敢于反抗，为人伸张正义的“女权主义者”和“孤独的漂泊者”。萧红是一位单纯、顽强、寂寞、苦闷的女性；萧红是一位“少于世故”，有自己主张，“有些稚嫩和软弱”，不忘恩师，为正义歌唱，对日本侵略行为愤恨和号召人们奋起反抗的爱国作家。

作家自我告白是学习研究者最需要也最应该掌握的信息，因为这是为学习和研究定向指路的密码，其价值的可贵不言而喻。当然这不是全部，作为学习研究者——他者，必须对学习研究对象的告白有自我的认识和评说。天臣作为萧红的他者，对她“短暂而传奇”的一生的认识和评说是《多舛而抗争》：为命运而抗争，为生存而抗争，为情感而挣扎，为疾病而痛苦。显然，他者的认识和评说无疑丰富和圆满了自我的告白，这也正是他者研究的价值和意义之所在。

一个人的一生是在与他人纷繁复杂的关系中自我选择和表现的一生，也因此才形成了各自不同的性格与命运。所以，要真实、全面地认识和表现一个人的一生，仅凭当事者的自我告白和他者的评说仍显不足，还必须通过人与人之间的关系来观测和考察。作为女性、作家，萧红在这个世上仅仅存活了三十一个年头，确实短暂。但她的经历、作为，特别是她与之交往发生情感纠葛的人尤其是异性确实不少，其中很多人影响改变了她的生存状态和人生命运，而她也正是在这交往与纠葛中，使自我的生命绽放出了异样的光华，使自我的一生富有了传奇色彩。要认识研究萧红，对此关注不够，难以达成全知、确知、深知，这正是王天臣要避免且着重注力的地方，也是他获得别于他人的研究路数与成果所在。王天臣在写了《残缺的亲情》后，还以《弥补亲情的友情和爱情》为题，写萧红生命中的十个男人，不是猎奇的追逐，也不是趋时的投机，更不是媚俗的讨巧，而是细密的扒梳，严肃的探究，可喜的成果。他让读者看到了萧红多样的人生经历、多面的性格特质、多舛的命运遭际，抗争的不俗表现。同时也让我们看到了他们——十个不同男人的相同之点，这就是他们都给萧红带来了喜、怒、哀、乐，酸、甜、苦、辣，共同影响塑造了萧红“这一个”的人生与命运。

王天臣用以上三个视角聚焦展现出了既客观存在的同时，是他主观认知的萧红短暂而传奇的一生，及一生中的性格、遭际、作为。从而为他全面、深透地研究评论萧红的作品，进而成为一名较有成就与影响的萧红专家打下了坚实的基础，提供了充分的保障。这反映在《念想·萧红》中，就是《第二篇　萧红的文——独特而历久》的存在与表现。与第一篇以散点聚焦表现萧红短暂而传奇的人生不同，第二篇则用点面结合的手法全面深入地评介了萧红一生创作的文学作品。

《萧红创作巡礼》，以时间为经、作品为纬，为世人全面、清晰地勾画出了萧红一生的文学创作年表。继之的《萧红》侧重剖析了萧红创作成功的主客观因素。而后，用两个较长的篇幅分别对萧红的散文创作作了《简论》，对其小说主体创作风格进行了《再认识》。看过这四篇文字，读者一定会在心中形成《萧红创作总论》，这也正是天臣的用意和目的所在。但仅此是不够的，天臣的角度说研究限于浮泛，从读者角度说认知有待深入。于是，天臣更上层楼，推出了一组六篇的《萧红主要作品分述》：细评成名作《生死场》，详析散文代表作《商市街》和精品力作《回忆鲁迅先生》，确认《马伯乐》为“萧红在另类领域的探索”，

《呼兰河传》是“饱含萧红心灵感受印迹和别具风格的小说”，推介“近年新发现的萧红作品”《梧桐》。这一组篇章很好地对以上所提到的两篇《萧红创作总论》——《萧红散文创作简论》《对萧红小说主体创作风格的再认识》文章中的观点做出了有力的佐证和深化，同时，还使读者真切而深入地了解到了萧红所以成为继冰心、丁玲之后的大家的根源与其作品美妙的奥秘：前者主要在于她“任性地写”“执拗地写”“善于写和自己情感联系紧密的事情，拿手写自己熟悉的经历”等；后者突出表现为“细致的观察和越轨的笔致”“绘画才能在文学创作中的发挥”“诗化语言的运用”“感觉化的倾向形成真挚诉说的风格”“讽刺幽默”“文体的创造”——散文小说化、小说散文化，“对人生终极问题的思考”等。

《念想·萧红》的第三篇为《萧红的魂——漂泊而闪烁》。仅看篇名会不得要领，览过全篇便可知是王天臣对《萧红精神》的剖析：“蕴含于萧红传奇经历中有两种精神，一种是对封建势力的反叛精神，一种是对美好爱情和祖父式温暖与爱的执着追求精神”“蕴含于萧红传世文学作品中有四种精神，对文学的虔诚精神、张扬个性的自我精神、不拘泥于旧套的创新精神和忧国忧民的担当精神”。正因为萧红及其作品具有如上精神，所以才为今人、后人所敬仰、学习、研究、评论，创作出了——电影《萧红》《黄金时代》，文学作品《萧红传》《昨夜西风凋碧树》……这足以说明萧红的生命是短暂的，但她的精神是永存的，她成为人们永远“牵挂”的对象。至此，天臣仍意犹未尽，又推出了六篇“对比”，通过对比让读者进一步认知感悟萧红的性格特质、精神异彩，篇篇精妙，足显天臣才思、笔力的不俗。

阅读《念想·萧红》，我们在逐渐加深对萧红及其作品认知的同时，也可以逐步体会感悟到王天臣进行萧红研究评论时的态度、方法与特质：态度是严肃认真的，其表现是真诚恳挚的，博览精思，人、文结合；不读不评，无感勿论，论必已出，出必己言，言必质朴清新。因此，天臣的萧红研究遵道而行，走自家之路，其评论脱学院窠臼，成自我特点：作家评传与作品评论紧密结合，叙事的讲述与理性的剖析及随笔的表达协调并用，不失严谨深刻，富于质朴晓畅。

《永远的萧红》；

可喜可贺的《念想·萧红》。

2015年9月18日

（杨铁钢，大庆市作家协会副主席 著名评论家。）

烛照之谊

杨欣闽

周晓枫说：火把一样的庄稼，燃烧在丰收之际。

一段时间里，断断续续读了几本书，总觉得这两句最好。人生无法跃过秋节将至，以往安静平顺的光阴如流水，欢畅熨帖，合人心意，行至此处，路转峰回，便要略微停顿一下。这情形，很像金秋时节的农民，倦怠缄默之中查验他的土地收成，越过枯黄和落叶，金灿灿的色彩已从远处扑进视野，历经的成熟在心智和行走的饱满与沧桑之中泛起童话般的光泽，无论你愿意不愿意，它就这么来了。

将成熟的庄稼变成火把，并非易事，这需要智慧和勇气。2014年11月，哈尔滨的一个雾霾天。王天臣带上他的新书《念想》，连同自己的“平民写作”理念走进了黑龙江省图书馆，为热忱期待的读者们献上一场精彩的讲座。

偌大的演播厅里，座无虚席。这些热切的脸孔，代表了这片土地上被日益拥挤的喧嚣，狭窄的、充满交易算计的、尘世折磨着的灵魂。他们在寻找或者求证一种温润的不失力道的精神，来抵御那些宝贵的记忆被损耗和消弭的威胁。他们相信这个世间还有公义和正派，就像祖辈们耕耘的黑土地那样坚实可感。此时，只需要有那样一束光亮成为指引，他们便可坚定地躬亲前行。是的，这样的寻找，务必他们自己来完成才行，绝不能代劳。

被期待和关注的情境之下，王天臣的《念想》一书承载了回忆之于心灵观照的意义。有人这样说，当你总是沉湎于一些琐屑的回忆的时候，那说明你已经老了。其实，不是因为时间的荒凉才回忆，不是因为盘桓过太多的经历和曲折才回忆，人的一生需要安放和纪念的东西，总还是有许多的，它们是人留给这个世界的最后——这就是念想。念想的属性归于个人隐私，纯粹的，那是王天臣手掌心里的东西，若不主动摊开，别人便没有办法知晓。所以，它有真诚和朴素的美感。那天，他把它们变成无数飞花，面对众人从容地打开自己，那份自信和坦然，让太多的人在轻柔温暖的美丽中感动了，这场讲座获得了空前的成功。

如果把《念想》作为王天臣“平民写作”的“此处”，关于萧红的系列整理和探索就是他的“远方”。从属于萧红的那个“远方”许多年一直都在他的心里，这位生于黑土地又凄然早逝的杰出女子身上。身世与文学的相互缠绕，错综复杂，枝节不断，生前身后事如那“半部红楼”，随着尘世的风雨漂浮流荡，绽放着迷人的神秘异彩。

生活中的王天臣，为人善良，低调，悲悯。一个善良的人，他内心充盈的力量有多大，常常是被低估的。作为一位级别不低的中直企业领导，这样的身份，与一个萧红研究者之间的距离大得难以理解，两条迥异的道路如果出现了交叉，除了个人不懈的努力之外，也只有命运能够解释吧。另外，探索，是一个非常冒险的词汇，对知识体系的要求，对个人品性伦理观念的要求，对意志耐力的要求，还有最主要的一点，对可能的谬误进行承担的能力的要求，如有不周，便是画虎类犬的结局。

所以，面对这本十几万字的作品，许多文章中所表现出来的内心真实和执着，隐含着无数辛勤的笔耕，思索。寻找，查阅，断语，最后凝合到自己的情感，就像金丝血燕筑就人间珍馐燕窝那样，竭尽所能，冷暖自知，无意成败，这让我们从另一个角度认识了其人其心。

良善之心为天下至宝。王天臣并不吝惜将全部的真挚和怜惜倾注于这本书中。由此，全书的脉络便是萧红的情，萧红的文。情包括亲情、友情、爱情、其他。王天臣以钩沉笔法，在萧红各种传记、评说的基础上，完善了诸多萧红生前的生活细节。以亲情为例，多篇文字，写到了萧红与祖父、父亲、弟弟等家人之间的情感，此间有各类论著的引证，也有个人的想法和心得，从“平民写作”的视角充实和完善了萧红的情感历程，使之立体可感，血肉丰实。

书中要表达的另一观点，是萧红的情与萧红的文之间，互为因果的内部肌理关联。再次提到“真实”，这也是王天臣必须重视的问题。“真实”是一个动词，它包含了在对萧红的全部情感和文章整理评述的过程中，较大难度的说服。很多因素，比如表达的方式、过程、话语规则、人们的认知习惯和偏见，很多非主观因素容易将其引向不真实。成书了，意味着这些问题的合理解决。所以，文学中有些思想和意志更重于表达，它们是一种气息，一种执念和敏锐。

写下此文，本书的题目还未定。这就是王天臣。我更愿意把他归为道德作家而非文体作家，因为他把写作的着眼点放在了作品的思想能力，而非别的，很多文体作家重视的方式方法，并不在他重视的范围之内。我并不清楚是否这就是他“平民写作”的“远方”，但他的确以自己的方式为读者呈现了力量，这种力量有粗犷的北方基因，使萧红作为北方女子的性情，在市民阅读的层面中更具亲和力和立体感。

这世间，钟情是件美好的事，无条款，无限度，无时空，无自我，就是一份默默的热爱与守候，有天荒地老的味道。王天臣并不避讳自己对一代才女萧红的钟情，此处或可理解为萧红的人生境遇与他个人感受世界的某个点是高度契合的。如果不想让自己仅仅带着虚无的幻想耗尽人生，那就执着耕耘让梦想照进现实，对萧红的书写，是他实现自己人生价值的方式之一。

所以，即便烛照熹微，却温暖恒久，他愿意以这样的方式为萧红的一生增添光芒。

（杨欣闽，大庆市作家协会常务理事、文学评论创作委员会主任，著名评论家。）

附录三 ……

记者专访

灵魂自会选择方向

——对话王天臣：我和萧红三十年

她是一种很强大的真实

4月底，王天臣的第二部作品《念想·萧红》，将由作家出版社正式出版。

几个月前，就约下了这个专访，却迟迟没能兑现。有一个原因，说不清却又分明真切：因为二十多年前的自己。

因我生长在僻野乡村，直到十九岁，才在一个远房表姐家遇见《呼兰河传》。我记得那天我从“呼兰河”里的文字抬起头来，直到离开表姐家，我都很平静，但心却早已呼啸，在“呼兰河”上的文字里狂奔。而今想来，那是与自己生命的初遇，即便是十九岁的青春，之前所有的日子，也都是离着自己遥远，也都是加着面具的伪装……那文字就那样复活了我，从此尘与土，云和月，四处奔波……一直到今天。

从此心生洁癖。除了萧红的原作，不看任何关于萧红的评论、研究、电影……

后来做了媒体人，不得不被动采访一些研究萧红的人——但对着被访者，听那些尽力为萧红辩解证明的情绪，心生漠然。

端木蕻良说：她的语言和她的做人是分不开的。

萧红要去证明吗？

如今，面对“王天臣写萧红”厚厚的书稿，何苦再去打开？

终于还是在春节七天假期时，翻开了《念想·萧红》——

王天臣写出来的，居然就是我心里的萧红！萧红就是这样子的。王天臣写得毫不犹疑。

三天后，读完全部书稿。我找出过了时的电影《萧红》，一个人看。影片最后是骆宾基的独白——

“她是一种很强大的真实，她裸露着，不是身体，而是灵魂……”

梭罗拿着一把借来的斧头，走近瓦尔登湖边的青葱密林……在人看来，这是一次有关生活的反叛，但那不是逃离生活，而是走向生活……

就像萧红，无论那个30年代，还是今天，萧红给予人间的力气，正是她强大的真实。在她那里，生命才得以被直面。

1. 如何对得起这真实：别忽略了，他和她的情缘

1986年到2015年。

二十三岁到五十三岁。

书稿出来，王天臣已是中年岁月。

一个中年男人。有妻，有子，有事业，兢兢业业工作，老老实实生活，向善、朴素、认真、温良。

人生在世难免经历种种忧患沉浮，三十年人间日子，三十年市声鼎沸，王天臣写萧红三十年。

市井中，无声无息，写得不焦虑，写得平静，长久。

2015年冬终于完稿，朋友们见他，一页一页打印出白纸上的萧红，再趁着日间繁冗的空隙，在下班后的傍晚，拿着书稿送

给人去审，去看。

他曾想把书名命名为《我和萧红三十年》，终于叫《念想·萧红》。自己写序："萧红是我的梦中情人"。

有种东西堵在心头，一如二十多年前。我看《呼兰河传》，看见生我的黑土上长出来的萧红的字和长出来的那些故事。有关生、死，有关爱，有关人类的愚昧，有关血缘，严肃并深沉。

为了验证这种直觉。我去找两个人，把王天臣的书稿拿去看。

其中一位，隐在生活里，曾在几十年前读大学时，选修"两萧研究"，被陈隄教授(现代文学家，我国最早研究萧红的学者)看好。

"……生活没有变……走神儿的是精神。人一离开贴心的土地就不踏实了……"还没进入正式话题时，他说。

他转而说王天臣——"王天臣研究萧红，他跟萧红是一毛钱关系没有。别人研究萧红，除了感兴趣，还有一个学术的问题，而且多少都跟萧红有一点勾连。但他没有，什么勾连都没有，所以说这是（指王天臣）一个'外戚'。

"但他又'有'。萧红是他的梦中情人，他比谁都更需要了解他。这种勾连，情真意切，他把萧红的一切都拿出来，审视，咂摸，消化，凡是他目之所及，手之所触，都是萧红最值得拿出来的东西，最详实的东西，一针一线一颦一笑，都拿出来了。所以我们看到的王天臣笔下的萧红，是很可观的。当这样的人拿出来的东西，我们应该尊重。"

是。我也是那个“外戚”，是大多数。芸芸众生中的每一个。

“王天臣为什么就把萧红当做了梦中情人？可能就是因为萧红写出了魂了，东北的魂，东北人的魂。萧红那种真，那种火辣辣，就敢直面我的土地，就敢真真实实地，我就写这块土地。王天臣和萧红之间，文化性格相近，他们两个人之间，是地域情缘，这种地域情缘就是文化情缘。

“这个情结来自什么？还是黑土情缘。为什么不是沈从文？”

我找的另一位是李枫。她上午阅后文稿，下午跑去跟一群作家去雪地里徒步，红丝巾配五十三岁华年，雪地里疯跑，这样的女教授着实可爱。

黑土地上生活的女人，活得真实，话自然不虚。

2. 我们的生活：一种是物质的，一种是精神的

记者：书名原定是《我和萧红三十年》？

王天臣：他们（朋友们）都说太平淡。但为啥我当初要用这个名，可能是一种无意识。在整理完稿后，我看这两幅照片，一幅是1986年我二十三岁时在呼兰萧红像前，另一幅也是在同样的地方，而我已五十三岁。两幅照片，正好是三十年光阴。

记者：我想知道，三十年关注萧红，有没有功利心在其中起作用？

王天臣：一开始，是功利心。年轻的时候，我去参加鸭绿江文学班学习，目的就是想发表作品，但没成功。后来开始研究萧红，我真正发表的第一篇文学作品，就是关于萧红作品的评论。那之后我的梦想就是出书，出萧红的书。但一年一年过去了，已

不是当年心情，但我总觉得有一个心结。实际上，现在完成的，也就是我的一个心愿。

记者：序言中，您写："萧红对我有期待，我对萧红有责任。"我觉得这句话太重了。

王天臣：我要还原她真实的生活经历，在她的经历上还原她比较真实的东西。在作品上，从传递的角度上，让她走向大众，大众能够接受，了解她，我有这个心愿。另外，研究时间长了，别人说什么我肯定有辨别，有自己的想法。我在求证一些东西，我希望读了《念想·萧红》的读者，能在心中对萧红有个清晰的定位。

比如在小说写作上，多数认为，萧红写小说不太会写。我不是这样认为，我在"萧红小说主题风格的再认识"中谈到，那就是典型境遇典型环境的问题，那就是心理小说写心理，情绪小说写的就是情绪，而现在很多国外小说也就是这么写，关键是在这个通篇里回答了什么。

记者：跟多数者的研究，有什么区别？

王天臣：系统了。定位了。

记者："如果自己都未得解脱，那就不要对公众写作。"《念想·萧红》中第一部分"萧红的命——短暂而传奇"，写得毫不犹疑，写得平静、肯定，写得旷放，写得自信，单纯。我是在春节假期的一个晚上翻开，一口气读了四十八页。合上书稿时，我在想，为什么是如饥似渴地读？不得不说，我被作者感动了，作者对萧红的全部，作品、人、身世及相关的一切，唯在用心用意，真情真意。

王天臣：这一部分是一气呵成写出来的，全部篇章都是在2015年几个月期间完成。虽是第一部分，但是全书最后写作的。

虽然是在几个月完成的，可以说是多少年的沉淀，最后的成熟吧。

作品是啥档次，心灵就是啥档次，有些灵魂注定是高贵的，不管命运把她拿捏得怎样卑微。萧红的写作，由着自己的性子，由着自己的感觉，实际上就是她超越常人的真实，这是人性的至纯。人们看好她的，是她写出了别人写不出来的东西。文化的地域色彩，有人写，但她写的跟别人不一样。越是到后来，她不管那些，就是任性越轨的笔致。她就这么写，就这么任性。这是我对她的定位。

记者：“萧红是我的梦中情人”，为什么是？

王天臣：她有我喜爱的东西，透明，没有粉饰，敢爱敢恨，敢于冲破时代的铁幕，作品中的北方跟我的精神有高度的契合，直击人心灵的语言，让人的心恢复痛感。还有她的经历，短暂年轻，绚烂凄凉的生命，大量的留白……可能符合人们对一代才女梦幻般的期待。

记者：中国男人是这样，骨子里喜欢透明、真实的女性，但当真正去娶妻，多是选择传统的。以男性视角来看，一个人可不可以像萧红这样真实？

王天臣：是的。喜欢归喜欢，但现实毕竟又是现实。

记者：实际上一种是物质的，一种是精神的。萧红代表了人类对自己灵魂的寻找和需求。

就像萧红本身，人们都说，在她的一生里，有很多个男性，并因此引发各种辩论，我却总能清晰可见，知道每一个走进她生命里的人，都是因为文学，那根亮晶晶的线……

王天臣：1998年到2007年，我对萧红的关注，出现过空档期，那几年，觉得这些东西没多大实际意义，从而把自己完全抛到世域中……那几年，我记得中间可能参加过几次萧红的研讨会。

但去书店，看到有她的书。还是会买，买完了，回来还读。

直到2007年，依然忙，工作应该说更加紧张忙碌，但却回到了当初的心境。

可能，灵魂自会选择。也终会这样选择。

市井从来不打烊，但文字里边，有远方的事。比如，我们总是忽略了，我们跟生长之地的血缘关系。但是，未生时，我们已经跟它有了亲缘。

就像我看到过一句话："生活中新闻不是最重要的东西，最重要的东西相反是那些永不衰老的事件。"

3. 最久的……

"有一年我去了一趟香港，别的没啥看的，但我去浅水湾了，我想去找找萧红，到那，还是——'红男绿女都在沙滩上游戏，但躺在那里的萧红是寂寞的'。"

前文中提到的，在大学里就写萧红的被访者，说起自己人到中年时，曾去浅水湾看望萧红。

"香车不载白头人"。他说。那是他印象中的萧红，短暂的萧红。

> ……而且从《呼兰河传》，我们又看到了萧红的幼年也是何等的寂寞！读一下这部书的寥寥数语的"尾声"，就想得见萧红在回忆她那寂寞的幼年时，她的心境是怎样寂寞的：
>
> 呼兰河这小城里边，以前住着我的祖父，现在埋着我的祖父。

我生的时候，祖父已经六十多岁了，我长到四五岁，祖父就快七十了，我还没有长到二十岁，祖父就七八十岁了。祖父一过了八十，祖父就死了。

从前那后花园的主人，而今不见了。老主人死了，小主人逃荒去了。

那园里的蝴蝶，蚂蚱，蜻蜓，也许还是年年仍旧，也许现在完全荒凉了……

——摘自茅盾《呼兰河传》序

微风善记忆。无声，寂寞，但最久。那是我们的精神世界。

王天臣在自序《萧红是我的梦中情人》里写道：

我和萧红是跨世纪的情人，我们隔着时空对话，我对萧红崇拜、敬意，愿意做她的守护者、保护神，愿意阅读她的文字、宣传她的心意，传承她的精神、去成就我美好的梦想。

……

我们隔空相望，关键在于心灵相通。我们都生在白山黑水间，深深地爱着养育我们的土地；我们身上流淌着东北人的血液，豪爽、大气，勇于担当；我们的文字都朴实、率真，并充满感情。萧红对我有期待，我对萧红有责任。我最先想出的书，是关于萧红的书。”

记者：白玉兰

（白玉兰，媒体人，大庆日报《午后时光》专栏记者）

萧红——他生命中最灿烂的花

——访大庆萧红研究者王天臣

青梅

“黄瓜愿意开一个谎花就开一个谎花，愿意结一个黄瓜就结一个黄瓜，若都不愿意，就一个黄瓜也不结，一朵花也不开，也没有人问它。”这是独属于萧红的语言。

同在北方，同喜欢文字，隔着几十年，他想着她用手戳着窗户纸，蹒跚在火炕上抑或是跟在爷爷身后，跑来跑去的小模样儿。

因为这些话，他深深地爱上了她。只是这样的爱，彻心彻底，纯净高洁。他是爱她灵动的文字，爱她用文字构建的意境，以至于爱到后人对她个人生活有所贬斥的时候，他也要红着脸，替她争上一争。

他叫王天臣，他喜欢用“一个喜欢萧红的读书人”，来形容自己。仅仅只是喜欢吗？他，看萧红，研究萧红，已经三十年。

三十年，不是真喜欢，不是文字带来真欢喜，谁能坚持？他必是把她的文字和文学精神，当成了情人的，在他心里，生命中开得最灿烂的文字之花，定是她吧。

《呼兰河传》 流动着的清明上河图

为写王天臣，这个执着于萧红文字研究的男人，笔者重翻了萧红的《呼兰河传》，重看了有关于她的两部电影《萧红》《黄金时代》。看后，才怯怯地向他表达：“相比，我更喜欢许鞍华的《黄金时代》。”之所以怯怯，是因为怕自己知萧红太少，怕自己的浅薄，令他不屑于深谈。

当记者的，首先要真实地呈现受访者的精神世界，如果能和受访者达到某种意义上的共识，自然是再好不过的事。还好，我的轨道没有偏离，坐在他面前，沾点小得意，但这点得意，随着谈话的深入，很快便消失得无影无踪，这，就是大家的力量。

生在东北，又喜读书的人，萧红是一定要读的，但读到王天臣这份境界，却很难。她的作品，他都读过，很认真地读，纸上画着标注地读，心心念念地读。看着她，他就欢喜得不得了，心里想着她的字，嘴角便泛笑。读书最高境界是什么？是碰到喜欢的，不忍读下去，是读得浑身每一个毛孔，都呼吸着新鲜而快活的空气。他，就是这样读着，读着读着，读出了名堂。

1993年9月，刚刚而立之年的王天臣，获得了参加国际萧红研讨会的机会，会上，他的《萧红散文创作简论》，获优秀论文一等奖，得以在萧红故乡《呼兰师专学报》上发表，并收入《萧红研究》论文辑3卷。初涉萧红研究，便得此成绩，他知道，自己选对了方向，他觉得萧红就在他的眼前，从未离开过。

萧红故居，坐落在黑龙江境内的呼兰河边，在来来往往的人流中，大多是懂她的人。而他，最初出现的身影，还年轻。二十四岁时，他便伫立于她的院落，快活地找寻着她笔下的人物。

冯歪嘴子该是住在磨房边吧？看到乖巧伶俐的萧红，欢喜地叫："这边来！这边来！"脸上定是慈祥而恭维的笑。

那些给小团圆媳妇跳大神的人，该是在这间屋子吧？十二岁的孩子啊，却被婆家当成了妖精。

哦，那是萧红家的储藏室吧，那可是萧红小时候探险的宝地……

在蒿草疯长的季节，他来，他想着她的"蒿草长没大人的腰了，长没我的头顶了，黄狗进去，连个影儿也看不见了”。

在大雪纷飞的季节，他来，他找寻着被严冬撕裂了口子的大地，想那卖馒头的老头，脚上挂着冰掌，摔倒后爬起来捡馒头的模样儿。

花园里，更是到处都是萧红的影子啊，他看到她，在给锄草的爷爷戴花；看到她，驮在爷爷肩头玩蝴蝶。她咯咯的笑声，荡漾在园子的上空，震得树叶都沙沙作响。他爱上了她，爱上了她笔下的人物，那是那个年代东北小城的缩影啊。二里半、麻面婆、王大姑娘、周三奶奶，那满是河灯的呼兰河啊，那小城里叫卖的小商贩和街道啊，融汇在一起，不就是一个流动着的民国时期的清明上河图吗?

于是，绘制这幅图的女作家萧红，不可避免地，成了他此生阅读的坐标。

灵动的文字　在他心中开出妖娆花

电影《萧红》上映的那段日子，很多稚嫩的笔，对萧红的个人情感妄自菲薄时，他愤而回击：“对萧红，我更有发言权。”

一向谦逊内敛的他，第一次发出了“不羁”之声。因为，他们亵渎了他心中的圣洁女神，他要替她争。

她用十一年的创作，给世人留下百万字的作品。十一年间的颠沛流离，一直没有放弃文学。在明天就可能被卖到妓院的险境下，依靠上一个同样喜欢文字、又有着一腔正义的男人，有什么错?

在时局不稳、行动不便，生存都保障不了的情况下，和喜欢自己的男人匆匆结婚，又有什么不能理解?

在王天臣心中，她的爱情不重要，她的男人也不重要，他看重的，只是她灵动的文字和文字背后的精神。

俄罗斯有句名言，读不读陀思妥耶夫斯基，从脸上可以看出来，用以阐述陀翁在俄罗斯的文学地位。而在中国黑龙江，萧红更是有着不可动摇的地位。随便一个人，都知道萧红，只是，大多数人在读，而王天臣，在品，在研究。

1996年6月23日晚，对王天臣来说，很是难忘，那一夜，他在读《走向世界的女作家——国际萧红学术研讨会综述》一文时，发现了有人写论文时，引用了自己的观点。

“很是欣悦，尽管自己的文章有很多短处，但毕竟有了自己的观点，且引起了同领域的人关注。”他说。

那一次，他写道：“萧红的作品不像一种规定性的作品，这是因为她运用了典型境遇和典型状态手法。她不注意恪守使用固定的文体样式，打破了塑造典型环境中的典型人物的章程。她善于用极其简洁、自然、寓于抒情性的优美语言，精心描绘地域色彩，并制造了一种文化氛围，这就是她的风格。”

刚涉入萧红作品不久，他便有了这样的观点，不得不令同行刮目。

萧红的《呼兰河传》，有人说，是用诗意的写法，勾勒了一个平静而饱含幽怨的的世界，而在王天臣看来，她是在离开故乡后，用笔，用心，用爱，在心底画出了故乡的模样。

“她的小说，更像散文，平平常常的小人物，细细碎碎的小生活，却是流苏一般的表达，直到现在也不过时，读起来还是那么灵动，那么清新，完全没有那个时代长袍下的腐朽的棺材味。”

“写鲁迅先生高兴起来，笑得连烟卷都拿不住了。”王天臣在向笔者讲述的时候，用手做吸烟状，在嘴角处，颤颤地比划着，眼睛里迸出兴奋的光。

写得得心应手，是萧红的能力。而他，如此透彻凌厉地评论萧红作品，也是一种能力。

没有预先谋划，洋洋洒洒，天马行空，拿过来就写，每一篇都写得那么精彩，萧红仿佛从纸间跳上来，在与他愉悦地交流，时而也可能会吵上几句，兴致高了，还会在他的文字间，欢快地舞蹈。

只要有关于萧红的学术活动，总是少不了他的身影，在纪念萧红诞辰九十周年学术研讨会上，他的《呼兰河传——印记作者心灵感受和别具风格的小说》及《无心插柳柳成荫——论肖凤编著萧红自传的感悟和遐想》，双双摘得优秀成果奖。有关于萧红文字的论述，他写了几十篇。

“会一直下去吧，因为感触不是一下就发完的，我不是为了专门研究她而写，而是快乐地写，写出来了，也就不憋闷了。”愈久愈香，愈来愈醉心于此，萧红，也就成了他心中最美丽的花。

只是这样的花，这样的爱，无关风月，只是对文字的一种敬畏和喜爱，是一种思想与另一种思想的融汇，这种融汇，需要“资质”，这个资质，就是对文学的敏感和与生俱来的天赋。

不得不说，对文学，王天臣有天分，他似乎就是为萧红而生。

三十年的研究　铸就了一种文字符号

电影中的萧红，似乎只想着自己的小，而未关注民族命运，而在王天臣眼里，总能看到别处。

“萧红的创作分为两个阶段，第一个阶段站在前沿，呼喊抗战，第二个阶段退到幕后，远离时代、拘泥于自身的乡愁。”

一句话，一个活生生的萧红，一个明朗朗的萧红，就站在眼前了。

在他看来，萧红去香港，是刻意而为之，是为了写作，为了自己设计的目标。她知道自己的身体没那么长久，她还有很多事情要做，所以只能挑最主要的事去做。

“是山么，是山你就高高的，是河么，是河你就长长的”。

这句话，他像萧红描写后花园中的黄瓜一样，记住了它。他看到的，是她的心。

“在这样的一个夜里，冯歪嘴子的女人死了。第二天早晨，过着乌鸦的时候，就给冯歪嘴子的女人送殡了。

这些是什么？

他理解为，是萧红和她的恩师鲁迅先生一样，拿着手中的笔，在反抗。

“一切都是真实发生的，在她家的后花园中，也正是她的这种不掩饰的描写，不经意间描绘出了那个时代的背景 。很多优秀作家，并不会刻意追求作品与社会背景相符，常常在不自觉中，两者就合二为一了，这就是用心写作的结果。”他说。

“有地方色彩的，倒容易成为世界的，即为别国所注意。”萧红的作品看多了，王天臣更加理解了鲁迅先生这句话所蕴含的意义。

“严冬一封锁了大地的时候，则大地满地裂着口。从南到北，从东到西，几尺长的，一丈长的，还有好几丈长的，它们毫无方向地，便随时随地，只要严冬一到，大地就裂开口了。”

这些文字，天然去雕饰。让他对萧红的字，爱得发狂，继而写下了几十篇文学评论。他的《对萧红小说主体创作风格的再认识》，因为观点独特，一举获得国际萧红研究会优秀论文奖。研究萧红的人，多得数不清，而他，凭借着自己深邃的思想和文学底蕴，不经意间，便拿到了同行觊觎已久的荣誉。

“不简单。”大庆另一位研究萧红文字几十年的资深教授李重华说。

“当我死后，或许我的作品无人去看，但肯定的是，我的绯闻将永远流传，没有一个中国作家能负载这么多的争议。”

这是萧红临终前的话，即便她是文学洛神，也有判断失误的时候，她的文字，不仅不是没人看，而是都在看，她的那些所谓的绯闻，真正的读书人，倒真是无暇顾及了。

写这篇文章的时候，记者一边翻阅着王天臣厚厚的评论文章，一边想着如何下笔。看着看着，脑子里蓦地出现一行字——人活着，总是要对某件事存有执念的。

他对萧红文字的研究，就是执念。这种执念，让他获得了尊重，让他找到文字方向，也让他成为了这个领域的一个符号。

2011年6月，在黑龙江省社科联和黑龙江省委宣传部共同举办的萧红百年诞辰学术研讨会上，他破格获得参会的权利。那一次，迟子建也去了，这是他喜欢的作家。也就是那一次，他的论文《萧红的文体和个性——兼论萧红热的原因》得到了知名评论家的认可，被收录在《百年视阈论萧红》一书中。

真正的爱，是在思维深度中获取快乐，也只有这样的交汇，才会有获得渗入对方生命的机会。王天臣于萧红，必是这样的爱了。

谈话中，得知他的新书《念想·萧红》即将出版。

“朋友二字不张扬，给人以安适感，而读书的最终目的，就在于内心安恬。”他解释着。

而基于旁观者，他于萧红，以上种种，谓之情人，谓之于开在心底的花朵，谓之于朋友，都，不为过。

（青梅，原名张淑玲，媒体人，大庆晚报编辑。）

后记　感恩……

我的创作第一个阶段就像是展开一场战役，逐一在打歼灭战，目标很多，并且要在这段时间内完成。就是要有一个交代，目的是展示我多栖的能力，既能写纪实散文，又能写传记评论，还能跨越企业管理。这样也就带来了相应的问题，力不从心，知识恐慌、视野不宽、视角不高，深度不够，给读者的感觉是小品文、缺少力度，没有形成个性风格，尤其是没有打人的语言，不能一下子就抓住读者。这些我将在第二个创作阶段之前恶补，在下个创作之中完善。

一部作品完成了，总要有些感激和感恩：

感谢我的梦中情人萧红，没有她留下的文字，我不会写出这样的作品。

感谢写出萧红传记和评论的作者们，这里要提到的有骆宾基的《萧红小传》、葛浩文的《萧红评传》、肖凤的《萧红传》、季红真的《萧红全传——呼兰河的女儿》、青青的《落红记——萧红的青春往事》，还有叶君的《从异乡到异乡——萧红传》，我从中汲取了智慧和力量。

感谢我的妻子，做一位写作人的妻子得奉献，承担孤独和寂寞。妻子说我自私，一天到晚就忙活自己那点儿事。妻子还说：一天老捧着一个逝去的人研究有啥用，还不如多挤时间陪陪身边的活人，比啥都强。妻子虽然牢骚，但切中要害。她是刀子嘴豆腐心，更多的是给予我的支持。每完成一件事，我都感觉亏欠妻子很多！

感谢三位老师：一位是上中学时的闫玉林老师，他一只眼睛有毛病，戴着一副大眼镜，是他推荐我研究萧红；一位是我上电大时的班主任老师杨铁钢，他是我很崇拜的人，现代文学教得好，板书写得好，头发和着装始终是板板的，从里到外体现一种气质，他支持我研究萧红，亲自修改我的文章，帮我介绍研究萧红的老师；还有一位就是杨铁钢老师介绍的李重华教授，是一位倔强的老学究，是他每次带我参加萧红学术研讨会，把我介绍给大家，使我在界内有了知名度。

感谢我的小朋友，我的追随者，我的粉丝们。一个人的力量是有限的，干一件大事总得有人帮助。是这些小朋友，帮我创意，帮我编辑，帮我挑错，帮我找出路，帮我宣传。

总之，还有其他没有说到、没有想到的，一并感谢了！

2015年6月14日

图书在版编目（CIP）数据

念想·萧红 / 王天臣 著. -- 北京 : 作家出版社，2016. 3
ISBN 978-7-5063-8829-0

Ⅰ. ①念… Ⅱ. ①王… Ⅲ. ①萧红（1911～1942）- 文学研究 ②萧红（1911～1942）- 人物研究 Ⅳ. ①I206. 6 ②K825.6

中国版本图书馆CIP数据核字（2016）第062101号

念想·萧红

作　　者：王天臣
责任编辑：王　烨
装帧设计：张天翼
出版发行：作家出版社
社　　址：北京农展馆南里10号　　邮　　编：100125
电话传真：86-10-65930756（出版发行部）
86-10-65004079（总编室）
86-10-65015116（邮购部）
E-mail:zuojia@zuojia.net.cn
http://www.haozuojia.com（作家在线）
印　　刷：北京明月印务有限责任公司
成品尺寸：145×210
字　　数：150千
印　　张：8
版　　次：2016年6月第1版
印　　次：2016年6月第1次印刷
ISBN 978-7-5063-8829-0
定　　价：32.00元